伊号三八潜水艦

武勲艦の栄光と最後

花井文一

元就出版社

〈伊号三八潜水艦——目次〉

ソロモン諸島要図

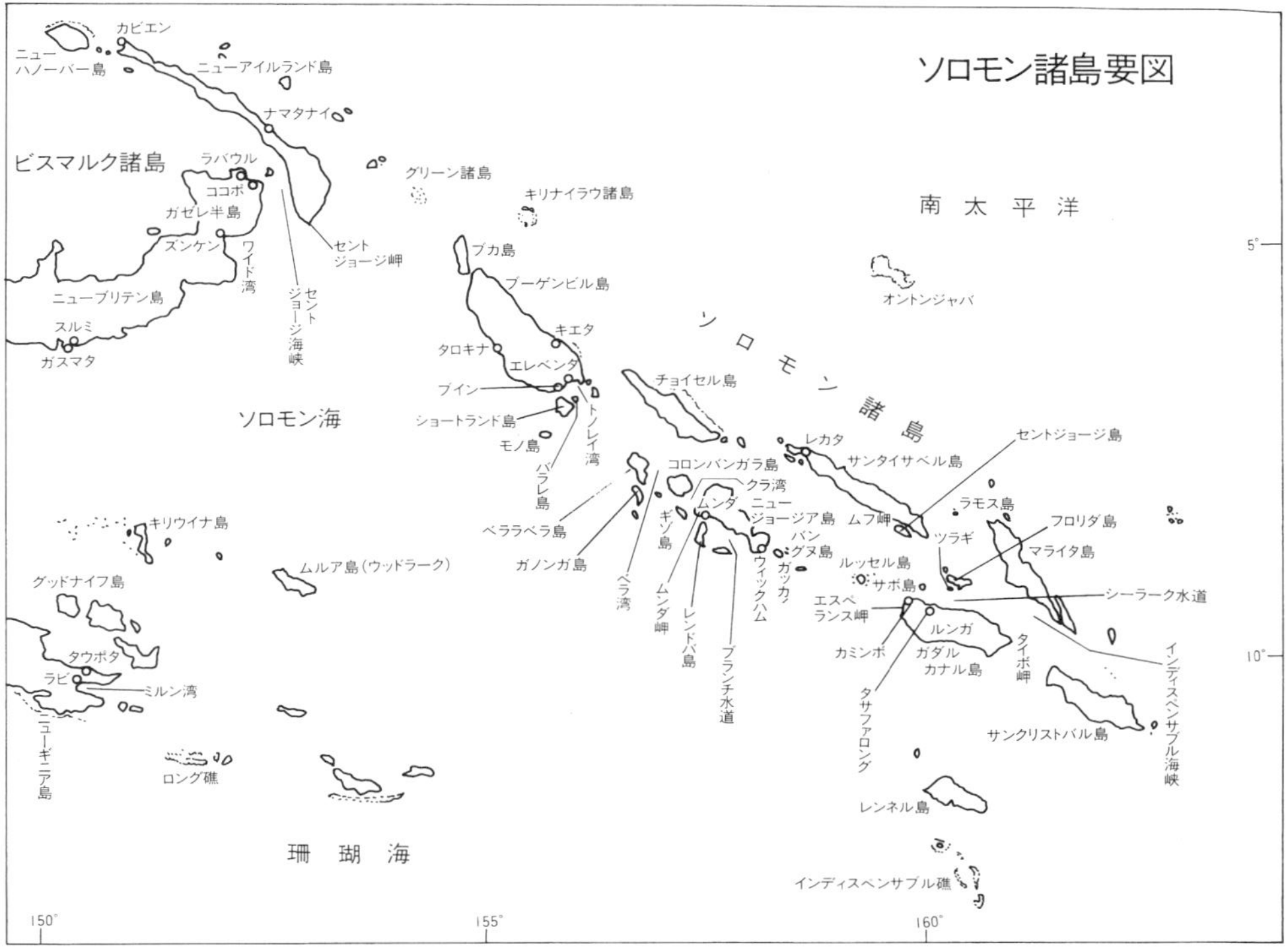

ソロモン諸島要図
南 太 平 洋
ソ ロ モ ン 諸 島
ソロモン海
珊 瑚 海
ビスマルク諸島
ニュー
ハノーバー島
カビエン
ニューアイルランド島
ナマタナイ
ラバウル
ココポ
ガゼレ半島
ズンケン
ワイド湾
セント
ジョージ岬
セント
ジョージ海峡
ニューブリテン島
スルミ
ガスマタ
グリーン諸島
キリナイラウ諸島
ブカ島
ブーゲンビル島
キエタ
タロキナ
エレベンタ
ブイン
ショートランド島
トノレイ湾
モノ島
バラレ島
オントンジャバ
チョイセル島
レカタ
サンタイサベル島
セントジョージ島
コロンバンガラ島
クラ湾
ムンダ
ニュー
ジョージア島
ベララベラ島
ガノンガ島
ギゾ島
ベラ湾
ムンダ岬
レンドバ島
ブランチ水道
ウィックハム
バン
グヌ島
ガッカ
ムフ岬
ラモス島
フロリダ島
ツラギ
マライタ島
ルッセル島
サボ島
シーラーク水道
エスペ
ランス岬
ルンガ
カミンボ
ガダル
カナル島
タイボ岬
タサファロング
インディスペンサブル海峡
サンクリストバル島
レンネル島
インディスペンサブル礁
キリウイナ島
ムルア島（ウッドラーク）
グッドナイフ島
タウボタ
ラビ
ミルン湾
ニューギニア島
ロング礁
150°
155°
160°
5°
10°

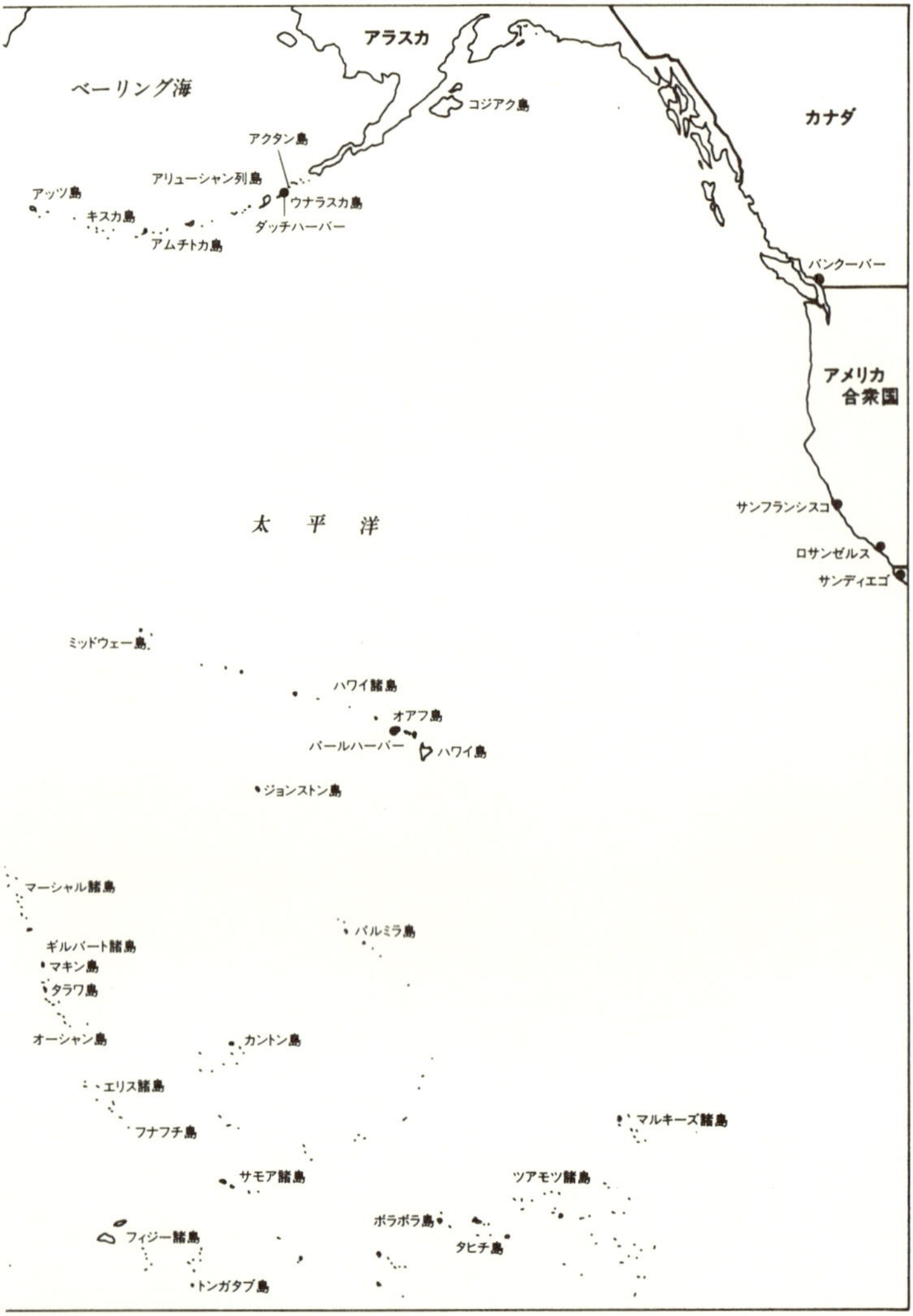
アラスカ
ベーリング海
コジアク島
カナダ
アクタン島
アリューシャン列島
アッツ島
ウナラスカ島
キスカ島
ダッチハーバー
アムチトカ島
バンクーバー
アメリカ
合衆国
サンフランシスコ
太　平　洋
ロサンゼルス
サンディエゴ
ミッドウェー島
ハワイ諸島
オアフ島
パールハーバー
ハワイ島
ジョンストン島
マーシャル諸島
パルミラ島
ギルバート諸島
マキン島
タラワ島
オーシャン島
カントン島
エリス諸島
マルキーズ諸島
フナフチ島
サモア諸島
ツアモツ諸島
ボラボラ島
フィジー諸島
タヒチ島
トンガタブ島

ソビエト社会主義共和国連邦
オホーツク海
カムチャツカ半島
コマンドル
スキー諸島
黒龍江
樺太
満州国
ハバロフスク
千島列島
ウルップ島
択捉島
国後島
ウランバートル
ノモンハン
哈爾浜
長春
蒙古人民共和国
ウラジオストク
千歳
北京
日本海
大連
京城
日本
黄河
呉
東京
洛陽
黄海
各務ヶ原
中華民国
大村
松山
ブータン
武漢
鹿屋
上海
重慶
揚子江
琉球列島
インド
沖縄
台北
南鳥島（マーカス島）
硫黄島
台湾
ビルマ
高雄
香港
ハノイ
ウェーク島
ラン
グーン
海南島
ベンゲット
フィリピン海
マリアナ諸島
タイ
バギオ
ルソン島
仏領
インドシナ
マバラカット
テニアン島
サイパン島
バンコク
マニラ
フィリピン
グアム島
プノンペン
エニウェトク島
サイゴン
レイテ島
南シナ海
ヤップ島
ウルシー島
クェゼリン島
シンゴラ
コタ・バル
ブルネイ
ダバオ
パラオ諸島
カロリン諸島
英領
ボルネオ
ミンダナオ島
トラック島
ポナペ島
シンガポール
セレベス島
マノクワリ
アドミラルティー諸島
ナウル島
ボルネオ島
パレンバン
蘭領東インド
アイタペ
ラバウル
スマトラ島
ジャワ海
ニューギニア
ラエ
ソロモン諸島
ニューブリテン島
ジャカルタ
スラバヤ
サラモア
バンドン
ジャワ島
ポートモレスビー
チモール島
ガダルカナル島
インド洋
ポートダーウィン
珊瑚海
エスピリッサント島
ニューヘブリデス諸島
オーストラリア
ニューカレドニア島
ヌーメア

装幀——純谷祥一

伊号三八潜水艦

〈武勲艦の栄光と最後〉

写真提供――著者・雑誌「丸」編集部

第一章――猛訓練の日々

昭和十八年二月一日

一〇〇〇（午前十時）呉出港。瀬戸内海にて乗組員の訓練のためである。安久栄太郎艦長以下、九十八名が毎日、猛訓練を二ヵ月ほど続ける。

まず潜航浮上訓練である。安久艦長の命令一下、「右三十度、敵機」「急速潜航」「両舷停止」「潜航急げ」

発令と同時に操舵員の私は、非常ベルのボタンを押す（舵輪の前部にベルがある）。ジーゼル機械停止の赤ランプが点灯するのを見て、私が「エンジン停止」と叫ぶ。各室にベルが鳴ると、全員が配置についている。見張りは三名だ。艦橋にいる者が私の後方をすべるようにして手摺《てすり》を握って艦内へ入る。そのうちの一名が「ハッチよし」。

その時、艦は約二十度の角度で潜航を始めている。艦長は潜望鏡を見ながら、「深度十八」と令する。潜望鏡を上げながら（一杯に上げて潜望鏡で海上が見える深度が十八メートル）、潜舵手、横舵手が艦が水平になるようにして航行する。
最初のうちは五分ほどかかるが、艦長の言葉では、訓練によって三分に短縮できるとのことだ。

一万メートルのところで敵機を見張りが発見して、潜水艦の頭上に来るのに三分かかる。したがって、「急速潜航」で十八メートルまで潜航するのに三分以内でなくてはやられてしまうとのことである。

「左九十度、商船」「魚雷戦用意」

つぎつぎと艦長の命令が下る。前部に魚雷発射管が四門ある。

「発射用意よし」「取舵《とりかじ》三十度」

操舵長の木曽兵長が来て、私と交代する。戦闘配置は各部の長が配置に付くのである。

われわれ兵隊は、一人三役をこなさなければならない。砲戦の時には、大砲の砲丸をこめる役がある。また、カタパルトで飛行機を発射する時には、飛行機の組み立ての役がある。通常の航海の時は操舵員である。

私は操舵を下りて、転輪羅針儀室にて待機をする。

「取舵三十度、宜候《ヨーソロ》」

魚雷深度二メートル、敵速十ノット、距離三百メートル。

「発射用意」

艦長は潜望鏡を見ながら、敵速、雷速、潮流、方位を計算して、発射管室より「発射用意よし」を待つ。

魚雷室では、深度指示によって二メートルの深さを走るようにセットした魚雷が入っている発射管を使用する（四門の魚雷発射管がある）。

「発射用意よし」の答申がある。艦長は潜望鏡を見ながら、「用意テッ」と命令する。

魚雷は高圧空気で発射され、自力で約三千～五千メートル走行できる。目標に命中しない時は、沈むように出来ている。しかし、訓練用魚雷は、一定の距離を走行すると、沈まずに浮いているように出来ているのである。

「潜航やめ。メインタンクブロー」と艦長が令する。

潜水艦は常にメインタンクに水を一杯入れ、その重みで潜水航行をしている。そのため、その水を高圧空気でタンクの外へ排出すると、浮力が出来て浮上するのである。

「魚雷回収用意」で、先ほど発射した魚雷をさがして回収する作業が始まる。

三等水兵時代の著者

昼間訓練の時は、魚雷の頭から煙が出るようになっているし、夜間はライトが点滅するようになっていて、早く発見できるように考えられている。だが、この回収作業は大変なのである。波が高い時は特に難しい。長い魚雷にワイヤをかけてデリックで吊り上げ、潜水艦のデッキに上げるのだ。

魚雷戦の訓練は、こうした作業が毎日毎日、繰り返して行なわれる。そして潜水、浮上の訓練を重ねて、時間の短縮を図るのである。

商船一隻だけで航行する時を想定して、砲撃戦の訓練も毎日のように行なわれた。

「潜航止め」「砲撃戦用意」「目標右三十度の商船、距離三百メートル」

「メインタンクブロー」で、十八メートルの深度から浮上する。

「潜望鏡納め」

油圧で最下位まで下がる。そして艦長は、艦橋で指揮を執る。

私は砲撃戦の時には、大砲の弾丸を、二メートルほどの長さの棒で砲身の中へ入れるのである。一人が重い弾丸を砲身の入口にあてがい、その後から棒で押し込むのだ。

尾栓を締めて「発射用意よし」。すると艦橋から「撃て」の命令が出る。

砲術長から距離の修正が来る。「高め二、右へ三」。弾丸が近くに落下しているようだ。

何回となく発射してへとへとになる頃に、艦長命令で「砲撃戦止め、急速潜航」が令される。砲を固定して早く艦橋から艦内に入らないと、置いていかれてしまう。

艦橋へ走って上がる頃には、艦は潜航を始め、足もとは早くも海水に浸《つ》かっている。艦橋から艦内に、すんでのところで滑り下り、ほっとする。

「ハッチよし」で、最後の人がハッチを閉鎖して報告する。

「深度十八、潜望鏡上げ」

艦長は潜望鏡を見ながら、つぎの命令を考えているようだ。

「潜航止め。メインタンクブロー」「飛行機発射用意」

ほら来た。また私の出番だ。艦橋の前部に飛行機の格納庫がある。その中にフロート付きの飛行機が入っている。

おのおの兵隊は、役割が決まっている。まず格納庫の防水戸扉を開ける。飛行機を引っ張り出してカタパルトに乗せる。飛行機は翼を上に折ってある。私の役は右翼を水平にして、ネジを回して固定するのである。左翼の者、プロペラを取り付ける者。

「右よし」「左よし」。その間に飛行士と整備士は搭乗して「全開、発射用意よし」。艦長から「発射」で、飛行機はカタパルトより高圧空気で発射されて飛んでいく。作業員は、格納庫の戸を締めて艦橋へ急ぐ。と同時に艦長の命令がある。

「急速潜航」

急げ、時間の短縮訓練である。一分でも三十秒でも早く潜航できるように、毎日毎日猛訓練だ。

今日の潜航は耳がツーンとした。ジーゼルエンジンが少しでも回転している時は、ハッチを締めると、艦内の空気を全部機械室へ持っていくため、艦内の気圧が下がって耳がツーンとする。

潜航と同時にジーゼルエンジンを止めて、電池に切り替える。潜航中は電池で走るのである。水上航行中は、電池に充電しながら航海する時が多い。

両舷にジーゼルエンジンを各一基、搭載している。そしてスクリューも二本、艦尾に出ている。水上航海中は片舷充電に使用し、片舷のジーゼルエンジンで艦は走るときが多い。片方のスクリューは止まっているゆえ、舵は片舷航海の時は、常に四度～六度舵を取った状態で艦は直進する。

ジャイロコンパスを見ながら操舵をするが、片舷航行を忘れて零度に舵をとると、艦はどんどんと曲がって走っていってしまう。

大型電池を二十機、艦底に搭載している。そのため、潜航して四ノットのスピードで約十二時間、水中を走ることができる。

先ほどカタパルトで発射した飛行機と無線で連絡を取っている。

「潜航止め。メインタンクブロー」「飛行機格納用意」の命令で発射したときの作業員は艦橋に来て、浮上するのを待つ。

「ハッチ開け」の令で、作業員は甲板で飛行機の着水を待つ。デリックを立て格納庫の扉を開けて待機する。フロート付きの飛行機だから、着水してゆらゆらと浮いている。ワイヤを取り付けてデリックで釣り上げる。カタパルトのレールの上の発射台に固定する私の役は、翼を折って上にあげ、そして「右よし」だ。

各自が持ち場の作業を早く正確にやらなくてはならない。この作業も何回も何回もやることによって、時間の短縮がはかれる。

飛行機を格納庫に入れて扉を閉じる頃に、艦長から「前方に敵機、急速潜航」「急げ」。急がないと、また置いてけぼりをくってしまう。

作業員は艦橋に上がって、一人ずつ艦内へとすべり下りる。最後にハッチを閉めて「ハッチよし」を報告する。

その頃、艦は艦橋だけ見えるほどに潜航している。バッテリーで推進器を回しながら前進している。三分以内に十八メートルまで潜入しないと敵機は頭上に来ると、安久艦長は厳しく教えてくれた。

終戦後、米軍に処分された伊号第36潜水艦。伊38潜と同型艦

こうした厳しい訓練の中にも、日曜日は半舷上陸が許される。乗員の半分が上陸して休養を取るのである。

＊

下士官兵集会所では、食べることも宿泊も出来る自由な一日が楽しめるのだ。酒も甘いものもあり、入浴もできる。士官は水交社でそれぞれ休養を取る。また士官は家庭を持っている人も多かった。下士官の人も妻帯者が多かったように思った。

われわれ独り者は、気の合った者同士で酒保で一升買って川船に持込み、カキ料理で酒盛りをやったものだ。酒が回ってくると、みんなで歌を歌ったりする。ダンチョネ節を替え歌にして面白おかしく「潜水艦乗りには惚《ほ》れるな娘さんよ　三月もせぬ間に若後家となるダンチョネ」と。

毎日の厳しい訓練から開放されて、この時ばかりは楽しく飲んで歌って、また明日の活力が生まれてくる。

私は呉駅の少し前の方に下宿があったので、下宿で一泊し、明朝八時までに潜水艦に帰艦することになる。

朝食後、本日の出港は取り止めとなる。艦長が会議のため、全員が艦内整備をする。伝令が伝える。操舵長と一緒に転輪羅針儀の手入れをする。毎分二万回転して常に指北作用（ジャイロコンパス）をする。

運用術操舵の受け持ちは、舵取り装置（縦舵）だ。水上艦船は縦舵だけだが、潜水艦には「縦舵」のほかに「潜舵」と「横舵」がある。魚の尾ビレと同じ作用をするものである。潜入、浮上、横に倒れないように左右に方向を変える縦舵と三コの舵が重要な役割を果たしているのである。

呉の港を出港せず、各配置の手入れを明日の訓練に備えてする潜水艦のタンクの構造を書いてみよう。

「メインタンク」——一番大きくて前部と後部にある。上部弁、下部弁があり、潜水艦の潜航、浮上に使用するタンクだ。下部弁を開けて海水を入れるときに上部弁を閉鎖しておくと、艦の自重の分だけ海水が入って、タンクの上の方に空気を圧縮してタンクの半分ほど海水が入ってくる。水の重量だけ艦が沈むことになるのである。

この状態で警快航行をするときがある。急速潜航するときは、すぐに上部弁を油圧で開けると、圧縮していた空気が上に抜けて海水がタンクに満タンになり、ズバーッと海中に潜入することができる。

「スリムタンク」——このタンクは前後部にある。小さいタンクであるが、攻撃を受けて水深百メートルに無音潜航して自動的に水平を保つことができるようになっている。タンクの水を給排水して自動的に前後の水平を保つためのタンクなのである。

そのほかには「重油タンク」——ジーゼルエンジンの燃料タンクである。「真水タンク」——生活に必要な飲料水のタンクである。伊号三八潜水艦には、百名分の航海中の水が必要である。そのため水を造る製氷機を搭載している。

艦内冷房の設備もあって、伊号三八潜水艦は最新鋭潜水艦であるといえよう。

第二章——伊三八潜の航跡

ここで伊号第三八潜水艦の履歴を書いてみよう。
昭和十七年十一月——佐世保工廠にて起工
昭和十八年一月末まで——佐世保工廠にて艤装、艤装員長・安久中佐
昭和十八年一月三十一日——呉鎮守府に引き渡し
昭和十八年二月一日より——呉潜水基地隊にて乗組員の訓練
昭和十八年四月一日、第一艦隊第十一潜水戦隊に編入（猛訓練）
昭和十八年四月三十日——第六艦隊第一潜水戦隊に編入（輸送任務）
昭和十八年五月八日——呉出港、南方面に出撃（運砲筒搭載）
昭和十八年五月十四日——トラック島一九〇〇（午後七時）入港
昭和十八年五月十六日——トラック島〇五〇〇（午前五時）出港
昭和十八年五月十八日——ラバウル港一二三〇（零時三十分）入港
昭和十八年五月二十一日——ラバウル出港〇八〇〇（午前八時）

昭和十九年一月六日まで——食糧輸送（スルミ、ブイン、コロンバンガラ、シオ、ニューギニア、ラエ、サラモアへの食糧輸送、二十三回の任務を完遂）

昭和十八年五月下旬～同年十二月下旬——南太平洋方面における戦闘において功績顕著につき連合艦隊司令長官より感状を授与せられたり

昭和十九年一月七日より——呉軍港にて艦内整備と乗組員の休養

昭和十九年三月十五日——安久艦長退艦、第三十三潜水隊司令となる

昭和十九年三月十八日——呉出港、艦長遠山中佐

昭和十九年三月二十日——トラック島入港

昭和十九年四月上旬～中旬——ウェワク、ホランジア輸送任務二回

昭和十九年四月十二日——安久大佐戦死す。第三十三潜水隊司令として勤務中、呂六四号がアメリカ軍の投下した磁気機雷に触れて沈没、艦と共に乗組員全員戦死す

昭和十九年四月十八日まで——遠山中佐指揮

昭和十九年四月十九日より——下瀬吉郎中佐、艦長として指揮を取る。ホランジア、ウエワク方面よりトラック島入港

昭和十九年四月二十日——トラック島出港、呉に向かう

昭和十九年四月二十七日——呉入港、整備

昭和十九年五月十八日——呉出港、マーシャル方面索敵哨戒任務

昭和十九年六月～九月——呉を基地として南方方面索敵哨戒任務

昭和十九年十月十九日——呉出港、台湾及び比島東方海面敵艦船攻撃任務

昭和十九年十一月五日——比島東方海面に行動中、クツルー偵察を命じられて進出途中、十一月七日、敵発見を報告、以後消息なし

昭和十九年十一月十二日——米軍記録：パラオ東方にてD／C攻撃二回、二二三五（午後十時三十五分）、水中大爆発、浮流物発見、北緯八度四分、東経百三十八度三分、水深三千メートルに沈没す

①浮上している時はベント弁も注排水弁も閉鎖している

②潜航する時は両弁を油圧で開いてタンクに海水を入れる

③予定深度（潜望鏡を一杯上げて十八メートルである）になると両弁を閉じる。浮上するには注排水弁だけを開き、気蓄器から空気をメインタンクに送り込む

④メインタンクの空気の量が増すにしたがって海水は排水され、艦の浮力が増して浮上する

次に伊三八潜水艦の要目を掲げておこう。

排水量——二一九八トン、標準二五八四トン、水中三六五四トン

全長——一〇八・七〇メートル

最大幅——九・三〇メートル

乗員——一〇〇名（うち飛行科二名）

魚雷発射管——四門（前部のみ）

魚雷搭載数——五二センチ一七本

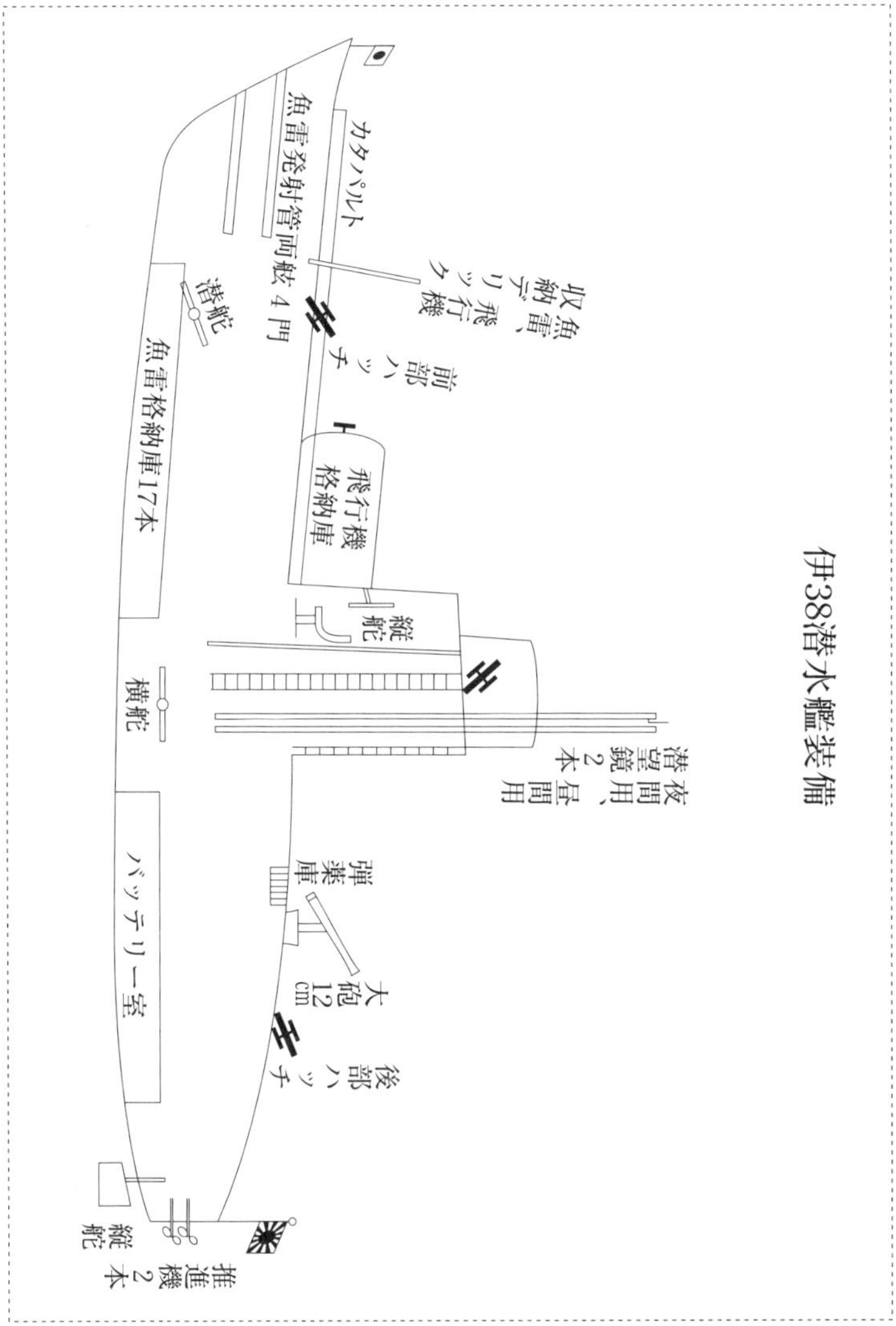
伊38潜水艦装備
潜望鏡2本
夜間用、昼間用
魚雷、飛行機
収納デリック
前部ハッチ
カタパルト
魚雷発射管両舷4門
潜舵
魚雷格納庫17本
飛行機格納庫
縦舵
横舵
弾薬庫
大砲12cm
後部ハッチ
バッテリー室
推進機2本
縦舵

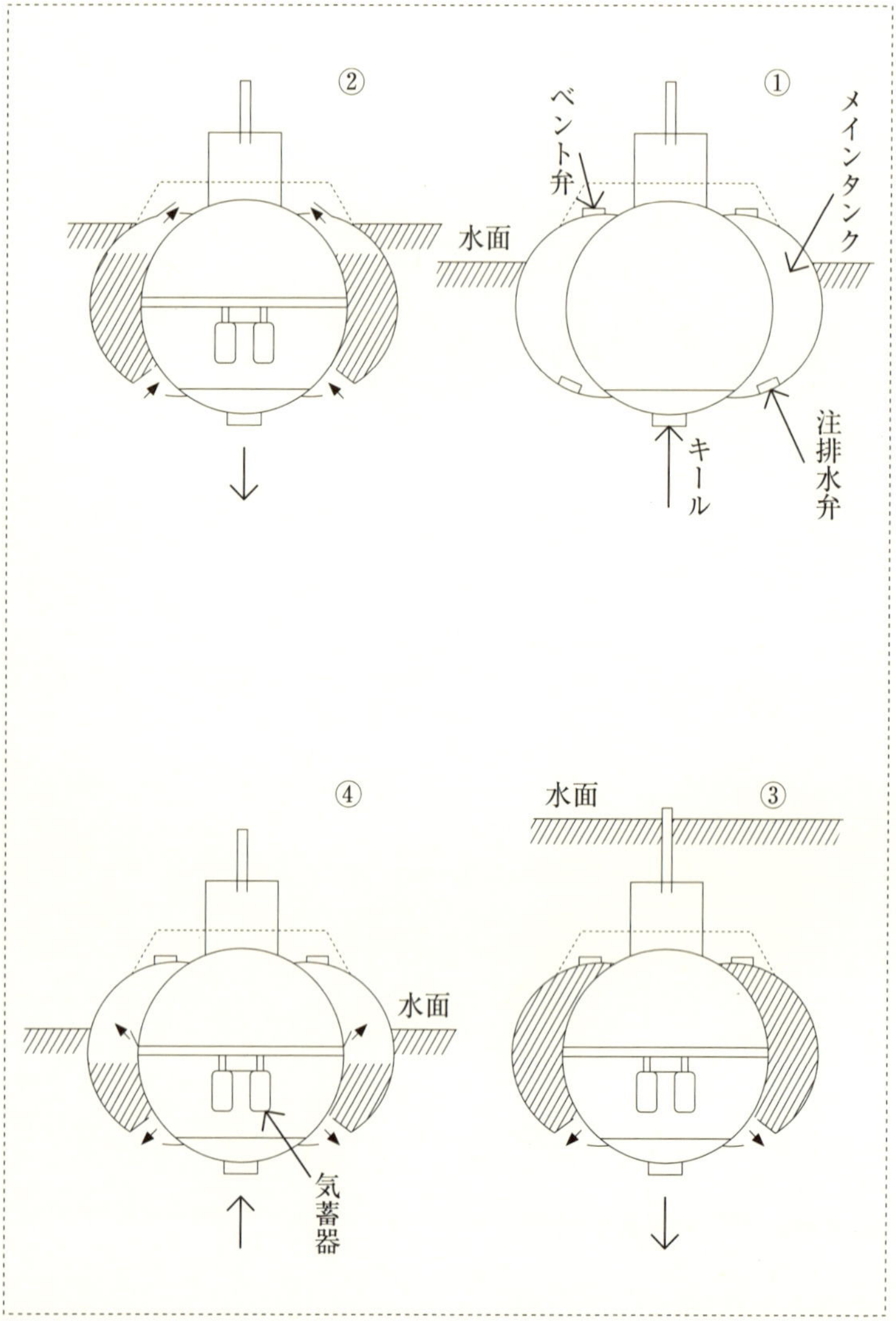
①
ベント弁
メインタンク
水面
注排水弁
キール
②
③
水面
④
水面
気蓄器

大砲――一二センチ一門（後部）
機銃――二五ミリ二門
馬力――水上一二四〇〇馬力、水中二〇〇〇馬力
速力――水上二三・六ノット、水中八ノット
航続距離――水上一六ノット一四〇〇〇浬、水中三ノット九六浬
安全潜航深度――一〇〇メートル
水上偵察機――一機
乗組員――九八人

＊

伊三八潜は、昭和十八年一月末に佐世保にて竣工、呉鎮守府に引き渡し、第一艦隊第十一潜水戦隊に編入され、三ヵ月間、乗組員の就役訓練を行なった。日曜日のほかは毎日毎日、潜航、浮上、魚雷戦、砲戦、飛行機発着の猛訓練である。

私は昭和十八年一月十三日まで、軍艦「日向」の乗組員であったが、海軍潜水学校呉分校に講習員として入校を命ぜられ、昭和十八年二月二十七日、講習終了。軍艦「日向」に復帰する。

昭和十八年三月一日、伊号第三十八潜水艦乗り組みを命ぜられる。私はこの日から潜水艦乗組員として、猛訓練を受けることになった。潜水学校で習ったことを基礎に、一人前の潜水艦乗りになるべく必死に努力をした。

私は操舵員として、木曽兵曹（操舵長）の下で任務に付く。私は二ヵ月間の訓練を終えたのだが、軍艦「日向」の乗り組みと比較すると、これは大変だと思った。一人三役なのである。その訓練も無事終えて、いよいよ出撃の時が来た。

昭和十八年四月一日、第六艦隊第一潜水戦隊に編入（輸送任務）された。大砲を取りはずし、魚雷の本数も減らして真水、食糧を艦内いっぱいに積み込む。

通路は缶詰の箱を敷きつめてその上を通る。空間は全部、食糧、野菜で、各自のチェスト（物入れ）の中まで大根が何本か入っている（この大根が一～二ヵ月後には貴重品となる）。二ヵ月後には新鮮な野菜は全部、食べてしまった。

私は昭和十八年五月八日、呉出撃より約一年間、航海中の日記を書いていたので、それをもとに五十余年前を思い起こして、伊三八潜水艦の輸送任務に従事した当時のことを記していきたい。

艦長安久栄太郎中佐の指揮のもとに、私も操舵員として乗り組んだ。当時私は二十一歳の若さであった。御国の為に死をもって尽くす。一度母港を出撃すれば、二度と帰れぬと覚悟していたものだ。

ちなみに安久艦長は昭和十九年四月十二日、第三十三潜水隊司令（大佐）として勤務中、教育のため広島湾で潜航訓練中に、乗艦呂六四潜がアメリカ軍の投下した磁気機雷に触れて沈没、乗艦と運命をともにした。残念な最後である。勇敢な潜水艦長であった。

戦争は二度としてはならないと思う。沢山の人が戦死して海底深く何千メートルの下に永久に艦と共に眠っている。

伊三八潜水艦も昭和十九年十一月十二日、米軍記録によると、パラオ東方にてD／C攻撃二回、二二三五（午後十時三十五分）大水中爆発。浮流物発見。北緯八度四分、東経百三十八度三分、水深三千メートルの海に沈没した。下瀬吉郎中佐以下乗員九十八人、全員戦死である。戦友の鎮魂のために記録を残したいと思う。

第三章——戦陣日記㈠

御戦に　此の身捧げん　大君の
　辺にこそ死なめ　我は出征《いでた》つ

昭和十八年五月八日
○九○○（午前九時）出撃（出港）。懐かしき呉の港や思い出の街ともしばしの別れと軍艦マーチに送られて、僚艦の見送りに打ち振る帽に力がこもる。
昨日の夢も今日はさらりと捨てて、この身は皇国の礎となることを誓いつつ、作業の目的地へ向かう。

大迫港にて運砲筒を艦の後部甲板に搭載してふたたび出港し、佐伯港に向かう。佐伯港にて投錨、明日の出港に備えて休養する。

昭和十八年五月九日
一〇〇〇（午前十時）出港。佐伯港を後に一路、南海へ南海へと進む。広漠たる太平洋のただ中に、わが海狼が荒波に躍って猛進する勇ましき姿である。
舵輪を持つ胸が高鳴る。島影ひとつない洋々たる大海原をひとり、目的地に向かって南へと進む。

五月十日～十三日
三直交代にて通常航海、二時間当直、操舵をして四時間休養の時間がある。
水上航海十二ノット～十六ノットで航行する。毎日毎日、右を見ても左を見ても海である。広い太平洋で潜水艦は、小さな木の葉がゆらゆらと走っているようである。

五月十四日
航海中、今日で五日間。海ばかり眺めて木の葉のごとく荒波にもまれながら、南海へ南海へと進んでいく。灼熱の太陽が身を焼く。ときどきスコールが通って、南海特有の涼風が身に沁みる。常夏の国、椰子の葉影を思い出して、果てしなき海原を遠くまできたものだ。
夕方から島が見え出した。椰子の葉が繁っている。目的のトラックも近くだ。トラック島へ入る頃は、暗くなっていた。わが軍艦の姿がたのもしく月に映える。
入港後、一週間ぶりに靖国丸へ入浴に行く。

つはものに　御心たれし　大君の
　辺にこそ死なめ　大東亜戦

五月十五日
南国の朝は白々と明け、椰子の木茂る島が点々として青く清らかな空気である。皇居を拝して故郷を礼拝する。
土人がカヌーを漕いでいる。のどかな南国風景である。椰子の葉影に赤い屋根の家屋が点々と見え、美しい。
○九〇〇（午前九時）より第六艦隊司令官小松中将の巡視がある。飛行科が退艦する。輸送任務のため、飛行機の格納庫へも食糧を一杯搭載する。忙しくて目が回る。工作艦に横付け、運砲筒の修理をする。洗濯があり、汚れたものを洗い落として綺麗にし、明日の戦闘に備える。

今日の日を　如何に待ちけん　つはものは
　祖国を後に　死地につくらん

五月十六日
○五〇〇（午前五時）トラック島出港。ラバウルに向け南へ南へと猛進。風とともに吹きつける雨が降っては止む。晴れ間なしの曇天、雲が一面に覆い、海面も空も見通しが悪い。島影も消えて見渡す限り海また海。視界不良だ。

兄は陸　我は海にて　御戦に
此の身捧げん　大君の為

五月十七日
航海中。昨日の雨はからりと晴れて、灼熱の太陽がじりじりと照りつける。海上は静かに大きなうねりが打ち寄せる。試験潜航を繰り返しながら、一路ラバウルへラバウルへと南下する。
一一〇〇（午前十一時）頃に赤道を通過する。
舵及び転輪は故障なく作動すれども、測程儀の作動不良にて停止ばかりしている。修理に苦労した。

大空の　露と消えたる　戦友の
御魂拝して　我も出征《いでゆく》

五月十八日
航海中。一二三〇（午後零時三十分）ラバウル入港。

灼熱の　海の守りに　波枕
　　　祖国の夢に　母の笑顔が

椰子の葉が覆い繁った美しい島々の中に、ただ二つのみ、噴火の後を物語る山が目につく。真っ黒な体をした土人の親子が、カヌーを漕いで行く。空には我が荒鷲がひっきりなしに飛んでいる。ラバウル港内のそこかしこに、沈没した商船の無残な姿が横たわっている。

潜水艦の後部に搭載している運砲筒を潜航して離脱し、陸上近くに入港する。食糧の一部を上げて体を洗う。

昼間の灼熱も、太陽が没すると共に美しい月が平和な世界を包むが如くに輝く。涼しい風がそよそよと吹いて、誰かが甲板で尺八を吹いている。尺八の音色が静かに流れて、そぞろに郷里を思い出させる。敵地の近くであるとは思えぬ平和な美しい夜である。

五月十九日

〇七〇〇（午前七時）出港。潜水母艦長鯨に横付け。長鯨の左舷に横付け。朝食まで当番である。

朝食後は後部の食糧を上げる。終わって前部の魚雷も発射管四本分を残して全部、母艦に上げる。食糧輸送任務のため、艦内に少しでも食糧を積み込めるようにする。

トラック泊地の戦艦大和と戦艦武蔵

長鯨にて入浴をし、三時に横付けをはなして元の錨地に投錨。今日は一日中、焼けつくような暑さで、忙しくてくたくたになってしまった。夕日が落ちて、今夜も美しい月が静かに上がる。

〽うたたねの　椰子の葉影に　見る月も
　国で眺めた　影をやどせり

五月二十日
ラバウル港碇泊。昨夜は敵の空襲あり。総員配置に付けあり。近頃は毎夜、空襲あり。今日は食糧搭載、軍需部より大発で何回も運んで来る。それを艦内一杯積み込みをする。医薬品、米、缶詰、生活物資を満載する。米はゴム袋に二十キログラムを五十ケ、前甲板、後甲板に山積みにして（全部ロープで甲板に固定する）、そのまま潜航をするためである。

午前中に食糧搭載が終わり、午後はラバウルの街に始めて上陸する。椰子の木繁るラバウル島を歩けば、真っ黒な土人が真っ赤な腰巻をして悠々と歩いている。灼熱の太陽は焼け付くような暑さである。汗が流れる。

潜水艦基地隊の集会所にて休息して、海軍慰安所を見る。遠く内地からはるばるラバウルまできて、軍隊のために慰安婦として働いている、可哀そうな女の人が沢山いた。

四時に陸発帰艦後、慰問袋を一個当て配られた。東京よりのをいただく。物凄いスコールが来て、夜は非常に涼しい。

艦上に　仰ぐ御空の　月清く
　　星がまたたく　南海の夜

五月二十一日
○八〇〇（午前八時）ラバウル出港。
南海の最前線ラバウルの夜は明けて、新緑の椰子の色が美しい。皇居を拝して、いよいよ今日は第一線の将兵のために食糧輸送の任務に付く。制空権は米国にあり、毎日のように空襲に来る。
○八〇〇出港、ニューギニアの北西ラエの敵前に向かう。今日は水上航行にて明日より昼は潜航して、夜は水上航行にて目的地に向かう。艦内は缶詰の箱で一杯である。操舵当直中に、我が連合艦隊司令長官山本五十六大将戦死との新聞電報を耳にする。嗚々《ああ》我が海の名将もついに大東亜の鬼となる。

潜水母艦長鯨

吹き寄せる　椰子の葉風も　心地良く
　夕日は落ちる　波の彼方へ

五月二十二日
航海中。〇四三〇（午前四時三十分）より潜航。いよいよ敵空襲圏内に入った。ますます警戒を厳重にして、日の出前より潜航をして敵前を通過する。艦内の気圧は高くなり、温度は上昇して非常に暑い。最微速にて静かに進む。
日没後、「潜航ヤメ」「メインタンクブロー」と、安久艦長の命令が出るとほっとする。水上航行になると、涼しい風が艦内へ入って来る。警戒航行ゆえ艦橋のハッチだけ開放し、そのハッチから涼風が艦内へ一杯入ってくる（ジーゼルエンジンを回転するには、空気が必要である）。
三名が見張り当直に立っている。潜航中は禁煙である。十三時間も煙草をのんでいないゆえ、交代で艦橋に上がって煙草を吸う。

水上航行中は片舷の機械で推進器を回して走り、片舷の機械にて潜航中に使ったバッテリーに充電をする。片方の推進器は止まっているゆえ、舵は七度取って艦は直進する。警戒水域では、いつでも急速潜航が出来るようにして航海しているのである。

五月二十三日

一七四五（午後二時四十五分）ラエ入港。潜航して入港、日の出前に潜航して敵前を通過し、潜望鏡にて方位を見ながら目的地ラエの港へと急ぐ。

一六四五頃より露頂潜航を行ない、敵状を視察して、一七四五、いよいよ港内に潜入、陸上へ潜望鏡より発光信号を出して浮上を知らせる。

安久艦長の「メインタンクブロー」「食糧上げ方用意」の命令あり。前後部のハッチを開け、浮上した潜水艦の両舷に、大発が二台、横付けになる。その船に艦内の食糧を手送りにて上げて大発に放り込むのである。ラバウルで半日かかって積み込んだ食糧を、一時間以内で全部上げなくてはいけない。

一時間おきに偵察飛行があるゆえ、なん時でも急速潜航が出来るようにしている。この時、天なるかな、月は雲に入って、あたりは真っ暗なり。約四十五分いて食糧の上げ方を終わって、重病人をタンカで艦内へ十名ほど入れる。ふたたび潜航して帰途に付く。

ラエ港外にて、敵の魚雷艇に発見せられ、爆雷を六個見舞われたり。深度六十メートルに潜航して、無音潜航一時間。扇風機も止めて、じっと魚雷艇の遠ざかるのを、水中聴音機にて聞いている。魚雷艇は反転、だんだんと近づいて来る。

ラバウル基地の山本五十六連合艦隊司令長官

感度2、感度3、感度4、真上通過。敵魚雷艇の推進器の音が、シャッシャッと耳に入る。みんなじっと上を見る。顔に汗が流れている。いま一発爆雷を投下されたら（深度六十にセットして）、伊三八潜は沈没である。魚雷艇は、自分の真下に潜水艦がいるとは知らず、通過して行った。みんな、ほっとして流れる汗をぬぐう。

水中聴音係が「魚雷艇、だんだん遠ざかります。感2、感1。推進器音聞こえません」と報告。夜間はこちらに有利である。安久艦長の命令で、「潜航ヤメ」「メインタンクブロー」。真っ暗な海上へ浮上、全速にてラバウルに向けて警戒航行を続ける。

五月二十四日

航海中。夜明けと共に潜航して、水中航行にてラバウルに向かう。夜は浮いて水上を、昼間は海中にもぐる。太陽の顔は見えないゆえ、兵員室に太陽灯があり、非番の時に交代であたりながら、戦友と語り合ったりする。第三戦速にて、ラバウルに急ぐ。

五月二十五日

一三三〇（午後一時三十分）ラバウル入港。前夜より第三戦速にて、急ぐ。一昨夜以来、敵には一度も遭遇しなかった。しとしとと降る雨の中を、ラバウルへラバウルへと向かう。雨のためか非常に涼しい。

一二〇〇頃より、島が見え出した。椰子の葉繁る真っ青な島が、だんだんと近くなる。無事、第一回の任務を終えて、懐かしい基地ラバウルへ静かに入港する。左舷直は入湯外泊あり。ログのモーター手入れを行なう。慰問袋の東京の人に礼状を書いて出す。入港後、錨地を変更する。

起き出《いで》て　頭《かしら》に仰ぐ　残月の
虫の鳴《ね》残る　南海の朝

五月二十六日

ラバウル在泊。白雲低くたなびいて、事のほか涼しい。午前、食糧搭載、午後は上甲板ペンキ塗りである。夕食後より半舷入湯あり。私は転輪の起動テストのため、入湯上陸は中止して洗濯をして休む。スコールがたびたびやって来る。

御苦労と　友をねぎらう　言の葉に
　交わす瞼に　血潮わくらん

五月二十七日

一〇三〇（午前十時三十分）ラバウル出港（海軍記念日）。遠く祖国を離れて何百里、南海の第一線にて遙かに皇居を拝して、記念すべき我が海軍記念日を祝う。昼食は赤飯にお頭付きの御馳走である。今日この良き日に、第二回目の食糧輸送の任務に付く。一〇三〇ラバウル港を後に一路南へ南へと進む。

五月二十八日

航海中。昼間は潜航して、夜間は水上航行にて目的地「ラエ」へ急ぐ。敵の魚雷艇を発見、急速潜航。先方は潜水艦に気付かなかったようだ。魚雷攻撃を受けずにすんだ。夜間潜航してラエ港潜入。食糧を上げて病人を乗せる。一回目と同じである。

一時間以上浮上していると、偵察機に発見せられて爆弾を投下されるゆえ、五十分ぐらいで全部終わって今日の食糧、医薬品を上げる。前後甲板の米の入ったゴム袋は、ブイを付けてロープだけ切断する。

病人を艦内に入れ終わると、「作業終わり」「前部ハッチよし」「後部ハッチ良し」「潜航用意」。

いつでも潜航できるように注排水弁（下部弁）は開放して、メインタンクには海水が半分以上入っている。

安久艦長の命令で、「ベント開け」。油圧の力でベント弁を開けると、空気が上部に抜けて海水がメインタンクに満水になり、潜水艦は自重プラス海水の重みで、急速に潜航して行く。港外に出て、浮上二回目の任務を終わってラバウルへ向かう。

くろがねの　浮城の上で　仰ぐ月
　兄は何処で　眺めをるらん

五月二十九日

航海中。しとしとと降る雨の夜を、一路ラバウルへラバウルへと急ぐ。日の出前より潜航して進む。制空・制海権が敵の手中にあり、一時間おきに飛行機の偵察あり。魚雷艇の見回るその間隙を縫って夜は水上、昼は水中を走って、任務遂行に努力している。

任務をば　果して帰る　此の気持
　打ち振る帽に　迎へられてぞ

五月三十日

航海中。敵の魚雷艇にも遭遇せずラバウルの基地に向かう。

五月三十一日

一二〇〇（午前十二時）、ラバウル入港。灼熱の下、洋々たる紫の海を、一路ラバウルへと向かう。ラバウル港の椰子の木を、ふたたび懐かしく無事に眺めることが出来た。五洲丸に横付けする。

入港と同時に、当番に立つ。左舷直員、半舷上陸。当直員は五洲丸にて映画見学をする。病院船ゆえ看護婦が乗っていた。内地を懐かしく思い出す。久し振りに内地に手紙を書く。

思いでは　遠く故郷が　なつかしく
　仰ぐ御空の　南十字星

六月一日

ラバウル碇泊。思い起こせば三年前の今日、呉海兵団に晴れの入団式である。今日はこの南海の第一線で、祖国のために灼熱の太陽の下で奮闘しているのだ。新兵教育の頃がそぞろ懐かしい。

一三〇〇（午後一時）より上陸許可された。椰子の木繁るラバウル島に上陸、どこも遊ぶところはない。支那人の小さな町があるのみで、陸海軍の慰安所などがあり、山の上に病院あり。山の中腹は、防空壕の横穴が一杯、縦横に掘ってある。毎日、定期便のごとく敵の空襲があるようになって来た。一六〇〇（午後四時）陸発で帰艦する。

南海の　荒波越えて　何千里
　出征し御戦　敵の影なし

六月二日
一一〇〇（午前十一時）ラバウル出港。美しく晴れた空に、勇ましく海鷲が飛んでいる。波一つない港を、第三回目の任務のため、静かに出港する。友艦に送られて、陸海軍の便乗者を多数乗せて港を出ると、第三戦速にて、目的地「ラエ」に向かって急ぐ。

六月三日
航海中。

六月四日
航海中。今度は敵に発見せられずに、目的地「ラエ」に着く。まず運砲筒を発進して、後に食糧を上げる。艦内の食糧を前部と後部のハッチより手送りで行なう。ハッチの中間に一人いて、艦内より甲板に上げる。大発が横付けしている。中に放り込む。一時間以内に全部上げないと、敵機の偵察あり、必死で上げる。この食糧で、友軍の命が救われるのだ。
終わって直ちに帰途に付く。陸軍の今村大将が便乗せられた。雨が物凄く降っているた

ラバウル西飛行場を低空で爆撃するB25

め、視界が悪いので、水上航行にて帰途につく。

六月五日

午前、雨のため水上航行、午後は視界が良くなったので潜航して進む。正午に山本五十六元帥の国葬のため、謹しんで黙禱をする。

親ひ寄る　愛しき顔も　黒々と
　血潮はかよう　南海の子ら

日没と共に水上航行となる。片舷充電にてラバウルに向かう。

六月六日

〇七〇〇（午前七時）入港。暁の操舵当直を終えて間もなく、ラバウルに入港である。港口にて便乗者を下船させてから、大盛丸に横付ける。兵器手入れを行なう。右舷上陸、私は上陸をやめて洗濯をする。碇泊した方が楽しい。

航海中は苦しい時もあるが、「ラエ」の第一線の兵隊を思えば耐えられる。兵隊さんは食糧もなく、食うや食わずに戦っているのだ。潜水艦が食糧を運んで来るのが命の綱である。便乗者の病人の人から、ねずみ、ヘビ、なんでも食べたとのことである。

六月七日
ラバウル碇泊。第四回目の準備に忙しい。運砲筒を搭載、前部甲板に固定して、一一三〇（午前十一時三十分）横付けを離す。赤道に近いので、じつに暑い。港内から右に見える山からは常に煙を噴出している。付近は活火山である。海中からも熱い熱湯が噴出しているところがある（運砲筒の中身は、何が入っているか不明である。たぶん食糧、医薬品、弾薬等が入っていると思う）。

六月八日
ラバウル碇泊。今日は朝から食糧搭載である。第一線にいる戦友に、少しでも多く運んでやらなくてはと、みんな一生懸命である。軍需部の大発で食糧を艦内一杯に積み込むのは、軍需部の人が積み込んでくれる。半日がかりである。それを前線で上げるときは、一時間で上げるのである。乗組員全員で上げる。見張りが三名、艦橋で飛行機の偵察に来るのを見張っている。
夕食後より、今日は上陸する基地隊で映画を見て、山の頂上の宿舎へトラックにゆられて行く。山は涼しい。巨木の間を走って海が見えるところに宿舎がある。病院の近くである。基地隊のトラックが朝、迎えに来て浮き桟橋より帰艦する（水深が深いため浮き桟橋）。

六月九日
ラバウル二〇〇〇（午後八時）出港。からりと晴れた灼熱の太陽の下を、白波を切って猛進する海狼伊三八潜水艦の勇姿。十二ミリの大砲を後部に搭載しているが、まだ一度も実戦に使用したことはない。本来、潜水艦の任務は偵察及び通商破壊であるが、敵の進出によって、制空、制海を取られてしまったので、前線が孤立してしまった。それゆえ潜水艦が輸送任務に付く。大型潜水艦三～四隻がこの任務に付いていた。伊三八潜水艦は、第四回目の食糧輸送任務に付く。

六月十日
警戒航行。

六月十一日
警戒航行。昼間潜航。夜間水上航行。敵飛行機発見。「両舷停止」「潜行急げ」。私の操舵当直中である。私の後ろを見張員が艦内へすべり下りて行く。艦内へ非常ベルのスイッチを私が押す。総員配置に付く。安久艦長は、潜望鏡に付いて「深度十八」「潜望鏡上げ」。
敵側の警戒もだんだんと厳重になって来た。その中を、目的地ラエに向かって航海している。伊三八潜の乗組員も、生死を賭して任務完遂するために、日夜奮闘している。飛行機は早いので、こちらが先に発見すれば、急速潜航にて通過して行ってしまう。

六月十二日

ラエ入港。夜間を利して港内に潜航して入り、潜望鏡より発光信号を陸上に出して運砲筒を発進させる。艦内の食糧を総員で上げる。短時間に全部上げるため、汗びっしょりである。ぶじ上げ終わって、病人が便乗して、潜航して港外へと出る。ぶじ任務を終えて帰途に付く。敵の警戒網はますます厳重である。

美しい半月がかたむく頃、水上航行中、敵の飛行機がエンジンを止めて潜水艦のウエーキ（推進器の白い波）の後をつけて来て、爆弾を三発見舞われた。前の方に落下したので、救われた。一発でも命中していたら沈没である。直ちに急速潜航して、しばらく様子を見、浮上する。また敵に発見され、ふたたび急速潜航。敵もなかなか味なことをする。月は西の海に落ちて、真っ暗な夜、二四〇〇（午後十二時）の頃である。

六月十三日

一五〇〇（午後三時）ラバウル入港。ぶじ第四回目の任務を終えて、懐かしの基地ラバウルへ、艦は矢のごとく進む。雲一つない青空に、我が荒鷲の勇ましい姿が心強く我らを迎えてくれた。入港後、当直、洗濯をする。基地に帰るとほっとする。

六月十四日

ラバウル碇泊（半舷上陸）。艦内の大掃除が終わって半舷。温泉行軍に参加する予定が、九二式測程儀が故障のため、工作部へ修理に行くので、温泉行軍は参加できなかった。海の中より熱い湯が噴出しているとのことである。基地隊にて食事をし、トラックにて山の頂上の宿舎に行く。

七時頃から、敵のボーイングの空襲を受ける。機銃、高角砲にて応戦しているが、高度が高いので敵機まで弾がとどかないようだ。我々は宿舎で見ているより致し方がない。港内碇泊の潜水艦は、水深六十メートルの海底に沈座していることだろう。約二十分にて終わって、二〜三ヵ所、火災を起こしているようだ。敵の飛行機は爆弾を落として、悠々として去って行く。一機でも落とせないものかとはがゆく思う。

六月十五日

ラバウル碇泊。上陸から帰艦して〇七〇〇（午前七時）出港。運送艦「鳴戸」に横付け、燃料搭載。午前、外舷塗装（ペンキ塗り）をする。熱いのには参った。ペンキ塗りが終わってから、戦友と艦の周りを泳ぐ。気持が良い。

一九〇〇頃、横付けを離す。右舷上陸。

六月十六日

整備作業（兵器手入れ）。

六月十七日
大盛丸横付け、運砲筒搭載。

六月十八日
食糧搭載。艦内一杯に軍需部の人が半日かかって積み込んでくれる。我々も手伝って積み込む。食糧搭載後、夕食。基地隊にて映画見学のため上陸。明朝出港が早いので帰艦する。

出港の一時間前には、転輪羅針儀の試動をして液温を一定（サーモスタットにて冷却水の温度は一定になる）にする。毎分二万回転して、常に北を指す機械である。ジャイロコンパスの受針器が、縦操舵輪の前部、潜望鏡のところ、魚雷発射管と各部に付いていて、艦がどの方向に進んでいるか、一目でわかるようになっている。

六月十九日
〇七〇〇（午前七時）ラバウル出港。第五回目の任務に付く。食糧を一杯積み込んで僚艦の打ち振る帽に送られて、静かにラバウルを出港。白いかもめが祝福をするがごとくに飛んでいる。少し熱があるのに、無理をして当直に立つ。

六月二十日

航海中。病苦に堪えかねて、診察を受ける。デング熱である（蚊に刺されるとなる）。熱が四十度ほどある。関節が痛くて、目の奥が痛くなる。この病気の特効薬はないので、アスピリンをのんで病床に伏す。

六月二十一日
航海中。自分のベッドで熱に苦しむ。戦友が製氷室から氷を持ってきて、氷枕をしてくれる。持つべきものは戦友である。早く良くなりたい。三〜四日で熱が下がれば良いとのことだ。砲長の松田兵長もデング熱にやられて、二人が最後部のベッド（食糧上げの邪魔にならないところ）にのびてしまっている。

六月二十二日
航海中。ぶじ第五回目の任務を終えて帰途に付く。一度も敵と遭遇せずに、毎回のパターンにてラバウルに向け航行。デング熱も下がって、やれやれ。健康が一番だ。

　　南海の　夕日と共に　軍艦旗
　　　君が代響く、暮のひととき

六月二十三日
一六〇〇（午後四時）頃、入港。

六月二十四日
ラバウル碇泊。整備作業。大盛丸横付け。運砲筒搭載。食糧の積み込みを同時にする。

六月二十五日
ラバウル碇泊。上甲板塗装作業。各配置手入れ。今日は一日当直下士をする。

六月二十六日
〇九〇〇(午前九時)、ラバウル出港。帽を打ち振って僚艦は見送ってくれる。我々は第六回目の任務に付く。「ラエ」に向かう。目的完遂には生死を賭して邁進する。今日は海は荒れている。波が高く艦橋を洗う有様である。縦舵が重くなって操舵困難となる。応急操舵に切り換えて、故障個所発見に努める。
故障個所発見。発令所の上の衝帯が海水のため作動不良となる。注油してOK。掌水長に整備が悪いとひどく苦言を聞く。入港後には注油するようにと。

六月二十七日
航海中。

六月二十八日

連合艦隊が集結したラバウル湾

航海中。日没後、潜航してラエの港内に潜入する。陸上と連絡後、浮上、運砲筒を発進。上甲板の米袋のロープを纜《と》いて、艦内の食糧を全部、手送りにて上げる。甲板から陸上を見ると、椰子の木が繁った山がかすかに月の光に映えて見える。食糧を上げ終わると、皆ほっとする。
　任務完遂して帰途に付く。また敵前を通過しなければならない。「ラエ」で病気のため、ラバウルの病院に入院する陸海軍の便乗者が弱々しい体で、十五人ほど乗艦している。

六月二十九日
航海中。

六月三十日
一六〇〇（午後四時）ラバウル入港。入港後、直ちに出撃準備をせよの命令である。輸送任務は一時中止である。待望の通商破壊の任務である。二一〇〇頃まで兵器手入れをする。

第四章——戦陣日記(二)

七月一日

ラバウル碇泊。〇七〇〇（午前七時）長鯨に横付けして魚雷搭載及び糧食搭載。一〇二〇（午前十時二十分）長鯨の定期便にて酒保作業員として基地隊に行く。時間があったので集会所へ行ったら、名古屋工廠時代の酒田君に会う。いろいろと話をして別れる。彼は設営隊にいるとのことである。

帰艦後、二一〇〇（午後九時）頃まで魚雷搭載を行なう。明日はいよいよ憧れの出撃である。大戦果を上げるべく、みんな張り切っている。

七月二日

〇九〇〇（午前九時）ラバウル出撃。懐かしのラバウルを後に、昨夜は遅くまで出撃準備に忙殺された。いよいよ今日から待望の通商破壊の任務に付くのである。僚艦に見送られ、帽を打ち振りながら、次第にラバウルの夫婦岩が小さくなって行く。港を出ると、海はだいぶ荒れている。呂号の潜水艦が、木の葉のごとく波にもまれて進んでいる。戦速にて一路、目的地へと向かう。

待望の　敵の通路を　遮断する
任務は重し　伊三八潜

七月三日
〇五一五（午前五時十五分）頃より潜航。

七月四日
哨戒配備点に着く。

七月五日
敵を求めて敵の艦艇の通路を哨戒、海上トラック二隻発見。

七月六日
早朝、敵駆逐艦を発見。「魚雷戦用意」。駆逐艦に向け、魚雷発射するが、命中しなかった。残念なり。

七月七日
敵駆逐艦の哨戒が厳しくなって来た。夜間水上航走中、敵駆逐艦より砲撃を受け、直ちに急速潜航に移る。その間にも機銃掃射をも受けた。潜航約十分後に、敵の爆雷攻撃を受ける。
深度八十メートルに潜入して、無音潜航を行なう。扇風機も止めて、爆雷防御に努める。一時間三十分ほど、敵は執拗に哨戒を続けているため、動くことが出来ないで、じっと我慢をする。音を出すと、水中聴音器で聞いているため、すぐに接近して爆雷攻撃を受ける。敵の猛烈な攻撃も、ぶじ防御することが出来た。

七月八日
哨戒任務。今日もまた獲物を求めて、昨夜以来、潜航を続けている。八日月が恍々と南海を輝かして、遙かに敵地の島が横たわり静かだ！　波一つない海上に、美しい星がきらめいている。戦争などしていると思えない静けさである。
だが、我が乗組員の士気こそ見敵必殺の意気、天を突く。見張員は全神経を打ち込んで、伊三八潜の保安を双肩に哨戒を続けている。潜航してルッセル島クラ湾内に潜入、敵状視察を行なう。

七月九日
哨戒任務。ラバウル出撃以来、今日で一週間である。その間、敵艦隊に合わず、ただ哨戒するのみ。今夜もまたクラ湾に潜入する。途中、敵見方の水上艦艇が盛んに砲戦を展開しているのか、水平線上に花火を上げているように美しく目に映じた。漂泊して待機、左の方に島が黒々とつらなって見える。

七月十日
再々度、クラ湾に潜入、敵状を偵察する。電報により本艦はラバウルに帰港せよ、とのことである。待望の通商破壊も、何ら獲物もなく一週間余で終わるとは実に残念である。

七月十一日
いよいよ通商破壊を止めてラバウルに向かう。途中、何度か敵機に合う。そのたびに急速潜航して姿を消す。こちらが先に発見すれば攻撃されない。十分後には浮上して、水上航行にて航海する。

スコールに　けむる島々　見渡して
　偲ぶ郷里の　母の面影

七月十二日
〇六〇〇(午前六時)、ラバウル入港。ふたたび生きて帰らぬ覚悟で出撃したのに、十日も過ぎぬ間にまた懐かしのラバウルに。命令とあらば致し方ないのだ。午前は整備作業、午後は半舷上陸。十日間、陸地も太陽も見ず、ただ黙々として任務に付いていた。つわものたちは、籠から離れた鳥のように慰安所へ、あるいは集会所へと。
潜水艦基地隊に行き、戦友中野兵長を訪ねて、十日間の哨戒任務を語りあう。夕食は基地隊にて、ひさかたぶりに陸上にて懐かしい郷里の夢を見る。生きていることは、最高に幸福である。

七月十三日
ラバウル碇泊。上陸より帰艦後、朝食。転輪羅針儀の冷却タンクの清掃をする。冷却水の中に海水が浸入するため、六番メインタンクに入り、下部タンクを調査する。

懐かしの　足を進める　ラバウルの街
椰子の木仰ぎて、祖国しのべり

七月十四日
ラバウル碇泊。転輪は高速回転のため熱を出す。その冷却装置が故障して、一定の温度より上昇したときは、ブザーが鳴るようになっている。メガチューブ内の冷却帯に空気を送ってみるも、海水浸入の原因不明である。接合部を締め付ける。終わって送水すれども、水が通らず、原因は衝帯変形のため、ここを切り開き、水の循環を良くする。

人の世も　浮世の波と　変り行く
　御空の露と　消ゆる戦友《とも》をぞ

七月十五日
ラバウル碇泊。今日もまたラバウルの空は美しく晴れている。転輪羅針儀のテスト試験を行なう。毎分二万回転の放熱を冷却する装置である。艦にとって一番大事な機器である。二時、使用冷却良好、サーモスタットは良い常温に保っている。
午後、運送艦鳴門に横付け、燃料搭載を行なう。夕食後、当番に立つ。暑かった。今日一日も太陽が落ちると、めっきりと涼しくなる。ちぎれ雲の間から十五夜の月が、また南十字星が美しくまたたいている。

螢灯に　忍ぶ昔の　恋ふる人
　南の空に　待つるたよりを

七月十六日
ラバウル碇泊。南海の朝風になびきながら、軍艦旗は静かに上がる。作業は外舷塗装である。焼け付くような暑さである。
夕食後より半舷上陸。せまくるしい潜水艦の艦内生活から開放されて、陸上の空気は一味違う。すがすがしく夜は涼しい。今夜は基地隊で映画を見る。「海軍戦記」「ロッパのおとめちゃん」を見る。じつに面白かった。

七月十七日
ラバウル碇泊。食糧搭載。軍需部より、大発にて米をゴム袋に二十キログラム入りを前部五十ケ、後部五十ケ、大きな網に入れて、上甲板にロープにて固定する。

灼熱の　椰子の葉影に　銃取りて
　御旗仰ぎて　偲ぶ激戦

寝ぐるしき　今宵まどろむ　波枕
　ねむれぬまま　恋ふる面影

艦内にも、通路空間には一杯食糧を搭載する。今回で七回目の輸送任務である。

洋上の　波を枕に　今日も亦
　暮れ行くもやに　偲ぶ故郷《ふるさと》

七月十七日

一六〇〇（午後四時）ラバウル出港。僚艦の打ち振る帽に答えながら、再度の輸送任務に付く。静かにラバウルを後にした。

七月十八日

航海中。

七月十九日

航海中。ログ故障（測程儀）。艦底より一メートルほどの長さの棒、五センチメートルの直径、その先に小さいプロペラが付いていて、その回転によって艦の走行をしている。現在何ノットのスピードで走っているかが、受信器に出るようになっている。

夜間、ラエの港に潜航して入り、陸上との発光信号にて浮上する。上甲板のゴムの米袋のロープを切断（網にドラム缶のブイが付けてあるので）。潜水艦が潜航すると、陸上から大発が来て、ブイの下に沈んでいる米袋を陸上へ引きずって行くと思う。高温の海水に三日もつかって来るので、ゴム袋に入っていても、米がふやけていることだろう。帰路に付いて、たびたび敵機に遭遇、急速潜航をする。

七月二十日

航海中。測程儀故障。艦底管が上がらない。海底の岩に当たったが、鯨がぶつかったか曲がっているようだ（海底沈坐とか碇泊中のときは、艦底管は引き上げている）。

人の世の　明日の命を　誰が知る
心行く迄　今日の別れを

七月二十一日
一二〇〇（午前十二時）ラバウル入港。入港後、直ちに艦底管の抜き上げ方の準備をする。潜水夫を艦底に入れて曲がっているかを見るため、長鯨より明日、潜水夫が来る予定なり。長鯨にて映画見物に行く。

七月二十二日
艦底管抜き上げを行なうも上がらず、潜水夫の来るのを待つ。十時頃、潜水夫乗艦。すぐに海にもぐって艦底管を見る。屈曲ありとのことである。引き上げは不能ゆえ海中に抜けるため、揚収網をつけて艦内より海中へ打ち込んで抜く。海水が吹き上げて来る。それゆえ、打ち込んで抜けると同時に吹き上げる海水を浴びながら、艦底弁のハンドルを締めて海水を止める。操舵長と二人ずぶぬれだ。
だいぶ屈曲していた。への字になっている。発信器（プロペラ）は折れていた。日向乗組のときにも、同じ事故があった。戦艦はもぐらないので、鯨でも当たったのか？　と言っていたことがある。

昭和15年当時の戦艦日向

七月二十三日
艦底管を持って、基地隊の工作部に行く。修理を依頼して来る。午後は予備の艦底管を装入して、試運転をする。結果は良好なり。

七月二十四日
一二〇〇、ラバウル出港。昨日、工作部に行った。留守に艦は運砲筒搭載。食糧も一杯積み込んでいた。第八回目の輸送任務に付く。ラバウルを後に、「ラエ」に向け出港する。港外にて試験潜航を行ない、一路ラエに猛進する。荒波を乗り越えて我が伊三八潜は敵機を避け、昼は潜航、夜は浮上して充電しながら任務遂行。

七月二十五日
航海中。静かな海を鉄鯨は進む。南海の空は晴れて敵の姿も見えない。

七月二十六日

夜、「ラエ」の港に潜航して、陸地の近くに浮上。食糧を上げる。無事任務を遂行して、ふたたび潜航して港外に出る。

七月二十七日
航海中、二戦速にて一路ラバウルに向かう。今回の行動中、一度も敵に遭遇せずに、夜は浮上、昼は潜航して航海する。

七月二十八日
一一〇〇（午前十一時）ラバウル入港。入港後、後部厠《かわや》故障、手入れを行なう。潜航中は、手動ポンプにて艦外に便を排出する。ポンプの弁が故障、逆流防止の弁を取り換えて故障復旧す。
夕食後より上陸する。基地隊に映画あり。第七期生の岩上水長と語る。彼とビールを飲みながら練習生の頃を懐かしく語り合う。中野水長は、「川内」に乗艦したとのことである。

七月二十九日
昨夜は久しぶりに陸上にて懐かしい郷里の夢を結ぶ。六時の定期便にて帰艦する。掌帆長は熱を出している（デング熱）。みんな一度はデングにやられるようだ。私も一ヵ月ほど前にやられた。

午前、午後、転輪の電動交流発電機の手入れを行なう。別科は休み。久しぶりに慰問袋を二ケ宛配給せられる。慰問袋の礼状と、懐かしい呉の下宿へ便りを書く。

おもむろに　任務につける　鉄鯨を
　無事を祈りて　送る僚艦

七月三十日
一一三〇（午前十一時三十分）ラバウル出港。出港準備に忙しい。注油に、作動試験に、出港一時間前には転輪の回転を上げて常温にする。掌帆長（木曽兵曹）、デング熱のために、小生は一直となる。母艦に見送られて、みんな帽を振って見送ってくれる。第九回の任務に付く、波が高い。

七月三十一日
〇六〇〇（午前六時）より潜航して静かに進む。「ラエ」や「サラモア」の第一線の戦友に、我々がもらった慰問袋を、伊三八潜からとしてみんな一ケずつ出して、前線の戦友に送った。九〇式測深儀を勉強する。
一四〇〇（午後二時）浮上、水上航走。

八月一日

〇三〇〇（午前三時）潜航。今日はいよいよ目的地「ラエ」の港に潜入して、食糧の揚陸をする。一時間の間に上げる。小生は司令塔にて操舵に付く。掌帆長、デング熱のため、いつ急速潜航があるやもしれないゆえ。

八月二日

航海中。任務を果たして、一路ラバウルへ向かう。航海兵器の作動良好にして、掌帆長の代理が無事に出来そうである。

八月三日

一四三〇（午後二時三十分）ラバウル入港。いよいよ今日は懐かしのラバウルに入港である。無事に任務を果たして掌帆長の代わりに入港の時に操舵に付く。ラバウルの夫婦岩を右に見て、静かに入港。母艦に迎えられて、帽を振りながら投錨する。

八月四日

ラバウル碇泊。午前、午後、整備作業、測程儀の手入れを行なう。午後は枕を作る。夕食後、水泳をする。じつに気持がよい。椰子の木繁る陸上を眺めながら、悠々と泳ぐ。六時三十分頃、懐かしい練習生時代の友林君が通船にて来艦、果物を頂戴する。艦内を案内して、煙草とカルピスを進呈する。

南海の　椰子の葉風も　夢の間に
　与楽の日　過ぎて空しく

八月五日
ラバウル碇泊。半舷上陸。近頃は碇泊中に軍需部より、食糧の積み込みに大発で来て、艦内や甲板上に米袋を積んでくれる。乗組員は半舷上陸をして、交代にて休養を取る。
午後は上陸する。久しぶりにラバウルの土を踏んで、みんな朗らかである。思い思いの楽しみを作って、私は基地隊に行く。
また一人、同期生に会う（氏名不明）。夜間は映画を見る（「潜水艦西へ行く」ドイツ映画）。ドイツの戦友が張り切って戦っている。同じ潜水艦乗りである。我々も頑張らなくてはと思う。

八月六日
〇九〇〇（午前九時）ラバウル出港。第十回目の食糧輸送任務に付く。ふたたびラバウルを後にして母艦と別れを惜しみつつ打ち振る帽に見送られる。途中、伊一七七潜が試験潜航をしていた。

八月七日
航海中。〇六〇〇（午前六時）潜航。昼食のとき、転輪の温度が上昇し、ブザーが鳴る。

サーモスタットの故障か？

八月八日

〇二三〇（午前二時三十分）潜航目的地ラエに向かって静かに進む。六時頃より、食糧揚陸を終わって、再びラバウルに向け潜航して港外に出る。

八月九日

途中にて敵機に遭遇、急速潜航を行なう。二十分後には浮上して航海を続ける。

任務をば、果して帰る　此の気持ち
　打振る帽に　迎へられてぞ

八月十日

一六三〇（午後四時三十分）ラバウル入港。懐かしきラバウルにぶじ任務を終えて入港が出来たのだ。母艦より打ち振る帽に迎えられて、静かに港内へと進む。投錨後、当番に立つ。右舷直は上陸をする。

美しい月が港内一円を照らして、静かに南洋の夜が訪れる。南十字星を仰ぎて艦橋に立てば、一人懐古の情を禁ぜず、さんさんと降るごとき星、美しい十夜の月を、故郷の母もどこかで眺めていることだろう。

ラバウルの　港を輝す　月清く
　思いは遠く　故郷の空へ

八月十一日
午前、掌帆長と共に転輪羅針儀の手入れを行なう。午後は半舷上陸。乗組員は波止場より、それぞれの目的地に向かう。私は工作部の測程儀の艦底管の修理の状況を見に行く。基地隊にて慰問袋の配給あり。夕食は基地隊にてすませて後、宴会をする。巡検後、巌上水長のところへ行く。彼のところにて餅やバナナを馳走になる。東兵曹と語り合う。懐かしい郷里の面影を追って夢を結ぶ。

椰子の下　月を魚に　交す酒
　明日の戦を　忘る一ト時

八月十二日
ラバウル碇泊。陸上の畳の上で、総員起こしの号令で夢を破られる。〇六〇〇（午前六時）の定期便にて帰艦する。
〇七〇〇（午前七時）出港して、名古屋丸に横付けする。懐かしい日向乗組当時に掌航海長をしておられた二宮中尉（大尉に昇進していた）が、名古屋丸の通信長としておられた。今日は当番にて信号を持って名古屋丸に行き、二宮大尉の私室にて、サイダーを御馳走になっていろいろと昔の話をする。

八月十三日
ラバウル碇泊。〇七三〇（午前七時三十分）、名古屋丸横付けを離し方少し前に林兵長来艦。バナナやパパイヤを沢山おいて行く。夜にまた来るように言っておく。午前は甲板塗装、午後は休業。明日〇六〇〇出港予定である。夜、林君の来るのを待ったが、ついに来なかった。

八月十四日
〇六〇〇（午前六時）ラバウル出港。第十一回目の輸送任務である。運砲筒を搭載して、艦内へは一ケも食糧、缶詰等を積み込まない。
八月中旬より、中部ソロモン諸島方面も戦局急迫を告げ、我が三八潜の任務も、今回は「コロンバンガラ島」である。敵の空襲もはげしいところであるとか？　静かな波の上を、一路「コロンバンガラ」へと進む。
ラバウルを出て約百浬《カイリ》のところで、敵発見、急速潜航する。機銃掃射及び爆弾を投下される。夕方まで潜航する。

八月十五日

航海中。夕方浮上。美しい十五夜の月が恍々と輝いている。その月下の南海を、我が三八潜は、悠々と目的地に向かう。またもや敵機六機現わる。急速潜航する。航空爆雷を投下する。艦はぐらぐらと揺れる。敵の警戒はますます厳重である。夜間当直に立ちて、月を仰ぎながら、ふと内地を偲《しの》ぶ。今夜はお盆の十五日である。盆おどりの昔を、懐かしく思い出した。

悠々と　死地に向へる　鉄鯨を
　包む今宵の　月はくもらじ

八月十六日
航海中。昼間は潜航して、夜間は浮上。充電をしながら、一路「コロンバンガラ」へと向かう。

八月十七日
今日はいよいよ目的地「コロンバンガラ」の港に潜入するのである。〇三〇〇（午前三時）より潜航して、静かに湾内に潜入する。海岸二千メートル付近に浮上して、運砲筒を発進、糧食を上げる。
味方の哨戒艇三隻近づく。静かな港内であるが、なんとなく殺気がみなぎっているような感じがする。

二二〇〇（午後十時）、潜航してふたたび港外へと進む。途中、敵の哨戒艇に発見され、機銃掃射。急速潜航、深々度潜航。爆雷数発投下される。深度百メートルまで潜入して、自動懸吊装置発動、約二十時間の長時間潜航を続けて、敵の立ち去るのを、じっと気長に待つ。「ツリム」が変わるので、その間、人員の移動も、扇風機も止めて、音を出さないようにして我慢である。

八月十八日

航海中。やっとぶじ港外に出る。何度かの敵と遭遇して、ふたたびラバウルへ向かって帰途に付く。

八月十九日

航海中。一五〇〇（午後三時）頃、敵機「コンソリーデーテッド」六機と遭遇、直ちに急速潜航を行なう。

一九〇〇（午後七時）よりの当直の際に、私が歌を歌っていたといって、西村上曹より鉄拳制裁を受ける。軍隊では申し開き無用である。操航当直は、腰掛けて舵を取るため、眠くなるので、ねむけ防止に歌ったのが聞こえたようだ。

口で言えばわかることである。制裁を受けた者は、誰しも人間の常として反感を持たずにいようか？　居ねむりをして、艦が曲がって航走するよりと思ったのに残念なり。今後は歌わないことである。

コンソリデーテッドB24リベレーター

何時来ても　変らぬ椰子を　見上げては
交す土人の　赤き腰巻

八月二十日

一一〇〇（午前十一時）ラバウル入港。錨地に向かう途中、錨鎖を送り出して後進一杯をかけたので、錨鎖が切断したかと思ったが、錨鎖は切れていなかった。ラバウルは水深が深いため、投錨すると錨の重量にて加速がついて、途中で急に止めると切断することがある。午後は休業、洗濯をする。

八月二十一日

ラバウル碇泊。午前、整備作業。艦橋及び司令塔の舵角指示器を塗る。午後は半舷上陸、久しぶりにラバウルの島に足を進めて愉快に時を過ごす。夕食後、中野水長、岩上水長と共に、基地隊にてビールを飲んで大いに語り合う。彼のところに泊まってしまった。

八月二十二日

基地隊より六時の定期便にて帰艦。朝食後に今日よりさっそく冷却部タンク修理の用意をする。メインタンクの残水の排除をする。手動ポンプにて、一日中かかって排水をする。工作部の工員はこなかった。

何千里　海原越えて　早乙女の
　真心あふる　今日のたよりぞ

八月二十三日

ラバウル碇泊。朝から工作部の工員来艦。転輪の冷却の故障原因を探知のため、空気を送ってみる。中央の冷却帯が一本、小さな穴があいていたので、さっそく取り外して、工作部へ持って帰り、修理をしてもらう。夕食後、上陸したが、雨のため基地隊にて宿泊。慰問袋の配給あり。

八月二十四日

ラバウル碇泊。午前は工員来ず。午後来艦。転輪の修理をする。午後、演芸会があったが、我々（掌帆長と私）は修理作業に忙殺される。夕食後に工員は帰る。

八月二十五日
ラバウル碇泊。今日もまた朝から工作部の工員が来て、試験の結果、ほかの冷却帯二本も漏水するので持って帰る。夕食後、上陸して、工作部にて映画を見る。陸上はじつに涼しい。特に夜間は毛布を着て眠る。

八月二十六日
ラバウル碇泊。雨。転輪故障のため、出港は出来ない。今日も朝から工員が来て、試験の結果、また三本漏洩のため取り外し、工作部へ全部持って帰って修理。運砲筒搭載のため、東裕丸に横付けする。転輪の修理日誌を記入する。こんな故障は始めてである。サイダー、カルピスの配給あり。カルピスを一本ずつ出して製氷機に入れて半分こおらせ、カルピスのアイスクリームを作って配給する。

八月二十七日
ラバウル碇泊。午前、整備作業。舵角の目盛りを入れる。転輪送水モーター付近のゲージ手入れ。午後、工員が冷却部持参、さっそく取り付けて試運転。その結果、衝帯部より漏洩。締め付けて再度試験の結果、良好のゆえ送水を始める。サーモスタッドの試験温度の常温を保つ。
夕食後、マンホールを復旧してメインタンクのブロー試験をする。結果、各部良好なり。

八時頃に作業は終了する。

八月二十八日

〇八三〇（午前八時三十分）ラバウル出港。静かな港内を、僚艦と別れを惜しみつつ、第十三回目の食糧輸送の任務に付く。海上も波静かである。

八月二十九日

航海中。測程儀故障。原因は艦底管の絶縁不良のため、先端の発信器（プロペラ）が正確に作動せず。転輪は作動良好である。三日もかかって大修理をしたゆえ安心だ。

八月三十日

〇二三〇（午前二時三十分）より潜航して「ラエ」湾に潜入する。夕食後より揚陸を始める。敵の哨戒の間を見計らってする。「ラエ」の戦友のところへ、我々がもらった慰問袋を三八潜からとして送った。前線と前線にも喜びを分けあって苦しさを乗りこえて戦っているのだ。海と陸との心が通う。我々とていつ撃沈されるかもわからない。輸送任務に付いている潜水艦は、数隻あるが、みんな危険な任務である。

八月三十一日

航海中。食糧を揚陸し終わって潜航、湾内を出る。敵に遭遇せずにすんだ。ふたたびラバウルに向かって夜は浮上、充電をしながら、昼は潜航して第二の母港のような気がする波一つない静かな海上を、滑るがごとく降るような星の下を、一路ラバウルへ。敵の哨戒のない日もあるようだ。

九月一日
一八〇〇（午前六時）ラバウル入港。ラバウル入港直前（五～六時間で入港の地点）、敵機に遭遇して、急速潜航をする。数回くりかえす。入港が三時間ほど遅くなる。

浮き出ずる　十夜の月をば　仰ぎつつ
　ラバウルの灯が　海にまたたく

九月二日
ラバウル碇泊。測程儀、艦底管を抜き上げて（約一・五メートルあり）、基地隊の工作部へ持って行く。絶縁不良のため分解修理を依頼する。掌帆長が持って行く。〇七〇〇（午前七時）錨地より出港、東裕丸に横付け、運砲筒を搭載する。
一二〇〇（午前十二時）より上陸、久しぶりに新緑の椰子の下を散歩。新鮮な空気を胸一杯吸い込む。安久艦長は大酒豪である。上陸すると、酒びたりとのことである。基地隊や士官慰安所で、酔歩している姿を見かけたことがある。しかし、いったん出港すると、いっさい酒は飲まず、最高の潜水艦長である。

灼熱の　波間を輝す　日は落ちて
　今日の暑さも　忘る涼風《すずかぜ》

九月三日
ラバウル碇泊。上陸から六時の定期便にて帰艦。朝食後、今日は酒保係のため、物品の購入に行く。慰問袋の配給あり。午後も基地隊へまた行く。郵便物を持参する。懐かしく故郷からの便りあり。出撃以来始めて妹からの便りあり。家内健全とのこと、安心せり。
夜、航海学校時代の戦友林君が、通船にて遊びに来艦したので、ビールを共に飲んで学校時代の話がはずむ。酒を一本とシロップなどを進呈する。喜んで彼は、基地隊へ帰る。
久しぶりに敵機の空襲警報あり。海底沈坐一時間、浮上してみると、飛行場の方を空襲されたようである。

九月四日
ラバウル碇泊。午前、兵器手入れ、舵系統の各部に注油を行なう。午後は転輪羅針儀の絶縁試験を行なう。夕食後、上陸して警備隊にて映画あり。見物して基地隊にて宿泊する。

九月五日
ラバウル碇泊。今朝は帰艦前に工作部へ寄って、測程儀の艦底管を受け取りに行く（修理依頼中)。艦から掌帆長が来たので、一緒に出来上がるのを待って、十一時の定期便にて帰艦する。午後は掌帆長と共に艦底管の取り付けをする。テストは艦が走ってみないとわからない。絶縁試験良好である。転輪の絶縁試験も行なう。
月日の過ぎるのは早いものである。呉を出撃してから、はやくも四ヵ月は夢のごとくに流れ去った。

九月六日
ラバウル碇泊。午前、整備作業。〇七三〇(午前七時三十分)より転輪起動して、出港準備をする。午後になって、今日は出港取り止めの信号あり。夕食後に上陸基地隊にて映画あり(ラエ方面敵上陸、孤立のためかと思う)。
輸送任務について、四ヵ月になる。ラバウルを基地にして、主として東部ニューギニア方面へ伊三八、伊一六、伊一五六、ほかにガダルカナル方面へ数隻の潜水艦が、貨物運搬艦になってしまったようだ。ガ島及びラエが孤立して、制海・制空権が敵の手中に入り、潜水艦輸送も次第に困難になって来た。

果さずば　生きて帰らじ　此のつとめ
打ち振る帽に　しばし別れを

九月七日

一四〇〇（午後二時）出港。「コロンバンガラ」に向け、いよいよ出港である。午後に応急操舵を試験してから出港準備。美しく晴れた「ラバウル」の港を後に、静かな海上を滑るがごとく第十四回目の任務につく。東京の人より便りあり（慰問袋の人より）。

九月八日
航海中。〇七〇〇（午前七時）より潜航、敵の哨戒網をくぐって、一路「コロンバンガラ」に向かって海中三十メートルを静かに潜航して進む。一六四五（午後四時四十五分）より浮上して航行、星が美しい。

九月九日
〇四〇〇（午前四時）より潜航。不思議と今日まで敵に遭遇しない。何かものたらぬような気もする。いつも「敵機発見」「急速潜航」「急げ」の命令があるのにと思う。一六四五（午後四時四十五分）潜航して、一路「コロンバンガラ」に猛進する。二四〇〇（午後十二時）より再度浮上、充電を行なうため水上航行。

九月十日
〇三〇〇（午前三時）より湾に潜入、機雷網の中を静かに目的地点に向かって進む。美しい星が、降るように、十日夜の月が物淋しく南海を照らす。この月を仰ぐのもわずかで、海中に潜航して危険な湾内に潜入。ぶじ目的地にあと数時間で到着の予定。

ガダルカナル島沿岸の日本輸送船の残骸

狭水道にて露頂観測のため、深度を浅くしたときに敵機に発見せられ、爆撃を見舞われる。直ちに深度五十メートルに潜入する。敵に尾行せられたために目的地に向かうことが出来ず、残念ながら引き返す。

九月十一日

浮上しては四時間ぐらい充電して、直ちにまた潜航。敵機の哨戒、厳重なため水上航走は出来ない。二三〇〇(午後十一時)また敵機に遭遇、急速潜航、深度六十メートルに潜入。

九月十二日

〇一〇〇(午前一時)浮上、「ショートランド」に向かって航走する。〇八〇〇(午前八時)頃、目的地に到着。運砲筒発進、食糧、医薬品、弾薬を揚陸。敵の哨戒のない時間を見て、いつでも急速潜航が出来るようにして揚陸をぶじ終わり、「ショートランド」を後にして、ラバウルに向け帰途につく。約三十分後にまたまた敵機に遭遇、急速潜航。海水がきれいだから、深度を四十〜六十にしないと、爆雷を投下される。二十〜三十分、潜航しておけば、飛行機は通過していく。こちらが先に発見することだ。

九月十三日

一一〇〇（午前十一時）ラバウル入港。水上航走にて一路、ラバウルに向け急ぐ。二三〇〇頃、敵機に推進器のウエーキが白く、夜間はよく見えるので、エンジンを止めて三八潜の後をつけて来て頭上に来たとき、爆弾を三発、投下される。見張員も気づかなかったのである。びっくりした。一発でも命中していたらと思うと、ぞっとする。

「両舷停止。潜航急げ」私は操舵当直であったので、直ちにベルを押す。総員配置に付けのベルが鳴り、艦は二十度ぐらいの角度で、急速潜航して行く。安久艦長は、潜望鏡で海上を見て、哨戒艇が見えないゆえ、十分後には「潜航ヤメ」「メインタンクブロー」。浮上して十八ノットのスピードで、一路ラバウルへ恍々と輝く月下を進む。母艦から打ち降る帽に迎えられて入港する。伊三八潜は司令艦となるらしい。午後、半舷上陸あり。

思ひ出は　遠く故郷へ　星の空
　　南十字が　またたく今宵

九月十四日

ラバウル碇泊。午前、整備作業。午後、半舷上陸。まず工作部へ羅針儀の羅盆の修理品を持って行く。それから今日は海軍病院の裏側の土人の集落へ遊びに行く。途中、一人の土人と片ことの英語で友だちとなり、彼の家へ来いというので一緒に行く。彼は陸軍部隊でボーイをしているとのことだ。

谷を越え、草をわけて、厳しい道を、トラックロードより近道とのことである。かなり遠くまで歩いた。基地隊の反対の海岸まで歩く。牛肉の缶詰を、彼の母親に三ケ進呈する。

高床式の家が森の中に点々とある。教会もあり、黒い豚が走り回っている。にわとりもはなしがいで、十〜二十メートルぐらい空を飛んで行く。生まれて始めて見る光景である。

酋長の家は大きい。土人の女の人が、七、八人で椰子の葉で敷物を編んでいた。日本軍上陸のときに協力した感謝状が、額に入れて部屋に飾ってあった。酋長の自慢である。帰りには彼の母親から、バナナやパパイヤを沢山もらって、彼が海軍病院の近くまで送ってくれる。

山の中に住む彼らの生活も、私は始めて見る。珍しい。土人の女は腰巻一つで、ただ乳のところをかくしているだけである。なかなか愛くるしいものだ。真っ黒な顔をして健康的な体をしている。カナカ族の土人は、戦闘的であると聞いたが、息子と一緒に行ったためか、非常に友好的であった。また来ることを約束して別れる。

九月十五日

ラバウル碇泊。午前中に基地隊の酒保へ仕入れに行く（酒保係のため乗組員の嗜好品）。

十一時の定期便にて帰艦して、各分隊に配給をする。午後は工作科の工員が来て、転輪の分解手入れを行なう。液の交換をして試運転をする。夜十一時頃までかかる。工員は艦にて宿泊する。

黒々と　輝く頰に　にっこりと
　笑顔を送る　カナカ乙女が

九月十六日
ラバウル碇泊。昨日の作業の続きにて転輪を運転し、作動試験を行ない、午後は天測をして、指北作用に狂いがないかをテストする。半舷上陸のため工作部へ行ったが、休日であった。
今日は土人の集落へ行く。先日のボーイの母親にプレゼントするために煙草や缶詰を持って行く。ボーイの母親が喜んで迎えてくれる。汗を流して行ったので、土の中に入れてあった椰子の実を持って来て、飲めと言う。じつにおいしい（ちょっとあおくさいような味だが）。日本にいる母親を思い出した。人種は違っても、人情には変わりない。親切にしてくれる。プレゼントのお返しに、バナナやパパイヤを沢山もらって帰る。

第五章——戦陣日記㈢

九月十七日
ラバウル碇泊。基地隊の宿舎にて目をさます。東二曹と共に工作部に行く。支持液を持って帰る。
東裕丸に横付けしていた午前中、転輪のモーター手入れ。午後は糧食作業員として基地隊に行く。

九月十八日
ラバウル碇泊。午前、午後、整備作業、洗濯、スタンションの銹落《さびおと》しをする。

九月十九日
糧食搭載。整備作業。

帰らじと　誓って出《いで》ぬ　此の務め
果さばやまぬ　大和魂

九月二十日
〇八〇〇（午前八時）出港。第十四回の輸送任務につく。今度はフィンシュウに揚陸である。「ラエ」よりは近いところである。港外に出てから潜航訓練を行なう。配置が変わったり、新しく乗艦した者がある。それゆえ高等科訓練生に行くために退艦した者が数名あり、基地隊より補充。
艦に慣れるため、何回も急速潜航、浮上訓練をくりかえしながら「フィンシュウ」へ向かう。今日より第十五潜水隊の司令原田大佐が乗艦している。

九月二十一日
航海中。静かな夜の海を、弓月を仰ぎながら伊三八潜は一路、目的地「フィンシュウ」へと急ぐ。近頃、敵の部隊が上陸を始めた島があり、孤立して山奥へ日本の軍隊が退出している港があり、目的地「フィンシュウ」も不明である。

九月二十二日
目的地「フィンシュウ」の湾内に、〇三〇〇（午前三時）より潜航して入る。敵駆逐艦が合わせて九隻も遊泳しているので、早く潜入した。しかし、敵が上陸したのか、陸上に信号を潜望鏡より送ったが、返信がないので、湾外に引き返す。

九月二十三日

夜間充電して、ふたたび潜航して湾内に潜入。今夜も目標灯もなく、陸岸三千メートルの近くまで接近するも、味方の信号なし。揚陸できず、涙をのんでまた湾外に出る。途中、敵商船団に遭遇した。多数の商船が揚陸して、帰途につく様子である。残念ながら我々の任務は、我が戦友に食糧を補給するためである。切歯してこれを見送る。出来る事なら魚雷を五、六本、船団にぶち込んでやりたい気持である。安久艦長も我慢をしていたと思う。

黙々と　見送る敵の　姿をば
我に今宵の　務めなければ

九月二十四日

三度、湾内に潜入せり。されど暗黒の陸上には、敵の灯火らしきもの見ゆ。三度湾外に潜航して出る。揚陸を中止して、二十七日まで哨戒区にありて哨戒の命令来たり。敵部隊がフィンシュウに上陸した様子である。

九月二十五日

フィンシュウ湾外を哨戒する。昼は潜航して、夜浮上、充電する。

九月二十六日
フィンシュウ揚陸は中止して、「スルミ」に向かう。
九月二十七日
一六〇〇（午後四時）頃、「スルミ」に着く。食糧を半分ほど揚陸する。終わってラバウルに向かって帰途につく。敵と遭遇をせずに航海中。

石鹸を　体につけて　待つほどに
　コースを変へて　スコールは行く

九月二十八日
一二〇〇頃、ラバウル入港。懐かしきラバウルに入港。母艦よりの打ち振る帽に迎えられて、今回も無事に母港に帰ることが出来た。みんなほっとしている。洗濯。夕食後、半舷上陸。基地隊の同年兵と無事を祝して、共に語り大いに飲む。
九月二十九日
ラバウル碇泊。入湯上陸より帰艦して、朝食後に基地隊の酒保に戦給品を受け取りに行く。帰艦後、直ちに分配をする。午後は転輪羅針儀の補給缶の水を排水して、清掃手入れをする。夜間当直のため、中家兵長と共に飲む。

九月三十日

ラバウル碇泊。転輪のモーターに震動防止のゴムを入れる。舵のモーターのみ行なう。午後は半舷上陸。工作部の班長に修理で世話になっているので、煙草を持って行く。班長に進呈する。

基地隊にて戦友と四、五人で土人の集落へ遊びに行く。今日は煙草を沢山持って行く。陸軍部隊でボーイをしている土人の若者の母親のところへ行く。大変喜んでくれる。言葉は通じなくても、気持は通じ合う。色は黒と白でも、同じ人間同志である。親切は通じるものだ。

汗を流して行ったので、みんなに椰子の実を土の中で冷やしてあるのを、一ケずつ飲めと言って持って来る。少し青くさいが、椰子の青い実の中にある水がじつにおいしい。ちょっと甘くて。

日本にいる母親の年齢である土人のお母さんが我々を歓迎してくれる。私はこれで三回目である。顔をおぼえていてくれて、煙草のお返しに鼈甲《べっこう》の大きなのをもらう。缶詰をプレゼントして、またバナナとパパイヤを沢山、椰子の葉で作った大きなバスケットに二杯ももらった。

トラックの通る道路へ出て便乗し、基地隊へ帰る。夜、映画あり。「伊賀の水月」「むすめ」を見る。

降りしきる　スコールあびて　南海の
一入《ひとしお》青き　椰子の林が

十月一日
ラバウル碇泊。久しぶりに陸上の家にて目を覚ます。朝の空気はすがすがしくて気持がよい。工作部へ行き、ログの発信器とペーパーをもらって帰艦する。先日の行動にて舵及び推進器が故障となり、長鯨の工作部が修理する（九月二十六日、フィンシュウの港湾に潜入し、陸岸に接近して方向転換のときに艦尾を陸岸に接触したため）。
夜、航海学校の同期生の林君来艦。基地隊より通船にて遊びに来る。昔話に花が咲き、ビールを飲み、大いに昔を語り合う。

十月二日
訓練出港。午前中、航跡儀及び転輪の手入れ。昨日、工作部が推進器と舵を修理をしたので、そのテストのため出港する。測程儀、推進器のテストは良好なれど、転輪の送水不能となる。
一八〇〇（午後六時）入港。大きな噴火山のところに仮泊する。一号転輪の送水ゴムに空気を送り、噴掃して手入れを行なう。明日はまたフィンシュウに向け出港の予定である。

ラバウル飛行場の花吹山と零戦の列線

十月三日

〇八〇〇（午前八時）ラバウル出港。〇五〇〇（午前五時）に仮泊地を抜錨、港内に入港する。十五回目の輸送任務のため、〇八〇〇ラバウルを後に、一路フィンシュウに向かう。美しく晴れて波静かなり。

十月四日

〇四〇〇（午前四時）潜航して、静かに敵前を前進する。敵機とも遭遇せず。

十月五日

〇三〇〇（午前三時）より潜航して、目的地「シホ」に到着する。浮上して糧食を上げる。三分の二ぐらい甲板に上げた時、見張員の「敵機来襲」の声に作業を中止し、急速潜航をする。甲板に上げた食糧は全部、海中に沈んでしまった。敵機通過後に浮上して、艦内の食糧を全部上げて帰途につく。

十月六日

航海中。夜間は水上航行にて、一路ラバウルに向け航行中、敵機に遭遇。直ちに急速潜航する。十分後には浮上して、片舷充電航行である。

十月七日

〇八〇〇（午前八時）頃、ラバウル入港。懐かしのラバウルの噴火山を右に見て、静かに入港する。各自洗濯。午前、午後、休業。先任将校転任して来られる。

磨かずば　何時かは銹《さび》て　南海の
　藻屑とならん　今日の務も

十月八日

ラバウル碇泊。呉の港を出てから半年になる。夢のごとくに過ぎ去って行く。伊三八潜も、潜水艦としての本来の任務、魚雷攻撃を放棄して、輸送任務に邁進している。海の㊂である。敵艦を発見しても、任務遂行のため攻撃することも出来ず、涙をのんで目的地へと急ぐ。半舷上陸。基地隊にて宿泊する。

十月九日

ラバウル碇泊。基地隊にて目を覚まし、帰艦前に工作部へ寄り、転輪の冷却ゴムの管をもらって帰艦する。午後、天測をして転輪の指北作用の誤差を測定する。一号転輪は㈠一度、二号転輪は㈠〇・五の誤差である。

十月十日

〇八〇〇（午前八時）出港。運荷筒実験のため、港外へ出港する。運荷筒とは、潜水艦の半分ぐらいの大きさで、鉄板で出来た船形の筒に潜舵が中央に付いている。その角度によって潜水艦が曳航して、スピードを上げると潜航し、空からは見えないようにして、一度に沢山の糧食を運ぶために考案されたものである。

運荷筒の中には、弾薬、食糧、医薬品などが一杯つまっている。潜水艦の中と甲板に運砲筒を搭載するだけでは非常に少ないので、一度に沢山孤立した前線の島へ、この運荷筒を曳行して行く。

水上航行のときと潜航して走るときの運荷筒の深度などの曳航実験をする。なかなかうまくいかない。水上のスピードは十～十六ノットであるが、潜航すると三～六ノットである。潜航すると、運荷筒が浮上してしまい、水上航行のときは深度が深くなり過ぎる。運荷筒の重量と潜航角度とスピードの調整がなかなかむつかしい。技術者が机上で計算して、設計、製作したのだが、海上では波もあり、海流もあり、思った通りにはいかないものだ。

〇五〇〇（午前五時）頃、入港して半舷上陸あり。八艦隊に映画を見る。

十月十一日

〇八〇〇（午前八時）出港。運荷筒曳航実験。昨日と同じように潜航航行、浮上航行などの実験を行なう。今日は早々終わって一三〇〇（午後一時）頃、ラバウル入港。以後、配置手入れ。後部舵軸に注油を行なう。

十月十二日

〇九〇〇（午前九時）ラバウル出港。運荷筒曳航実験。試験潜航をしてから曳航用意の頃、敵機空襲の報あり。まず西飛行場を爆撃され、続いてラバウルの港に飛来する。本艦は直ちに潜航する。深度六十メートルに潜航、沈坐する。爆弾が数十個、海中に落下せり。約三十分の後、空襲警報解除の水中信号あり。浮上してみると、商船が火災を起こしている。陸上の方を見ると、各所で火災を起こしている。本艦の真上にも爆発せり。ぐらぐらと地震のようだ。

伊一八〇潜水艦は、爆弾のため一部破損、戦死者七名を出す。曳航実験は中止である。運荷筒関係員八名、伊三八潜から基地隊へ帰る途中、爆弾が命中、大発一隻が撃沈され、全員戦死である。三八潜で沈坐していたら、全員戦死せずにすんだのにと思うと気のどくになってしまう。戦争は苛酷である。人間同士が殺しあいをするのであるから、個人にはうらみ、つらみはないのに、国と国が戦争状態になれば致し方ない。我々は命令によって行動をするのみである。

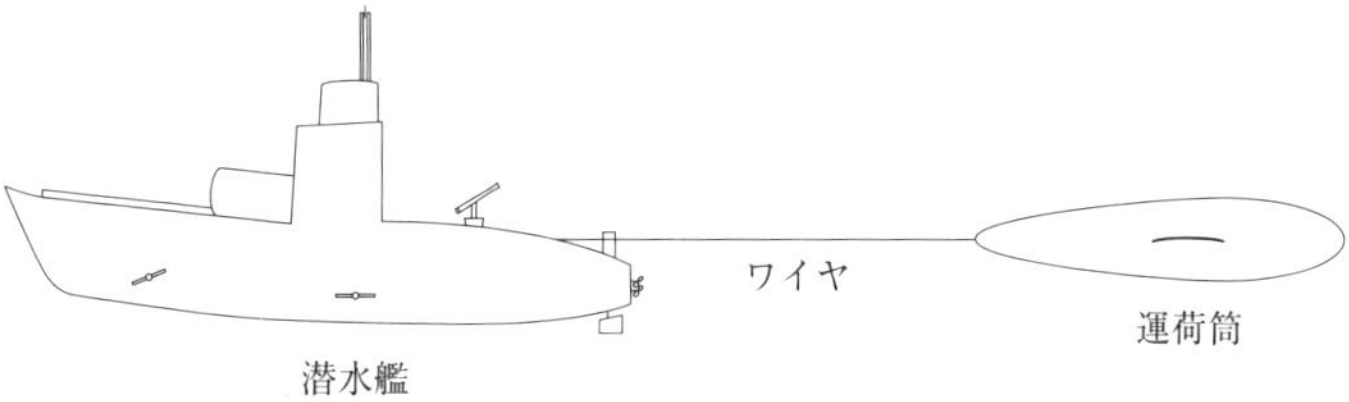

十月十三日

○九〇〇（午前九時）出港。出港後直ちに運荷筒を受け取り、曳行して港外にて潜航浮上の実験を行なう。途中、港の入口にて曳航、ワイヤが運荷筒取付部より切れてしまったので、ほかのワイヤにて応急に曳航して港内に入る。スピードと運荷筒の深度実験は具合がよくない。

十月十四日

転錨。〇七三〇（午前七時三十分）物糧搭載。基地隊より大発にて艦内一杯に積み込み、再度転錨する。午後、上陸。基地隊にて宿泊。

十月十五日

〇八〇〇（午前八時）出港。第十六回目の輸送任務に付く。運荷筒は深度の調整不具合のため、中止をする。今回は「スルミ」に向け、静かな海上を目的地に向かう。

十月十六日

〇三〇〇（午前三時）より潜航して、静かに「スルミ」湾内に潜入する。しかし、波荒く暴風雨のため揚陸不可能ゆえ中止して、ふたたび湾外に浮上して出る。その途中、敵魚雷艇に遭遇して発砲される。急速潜航する爆雷を四発投下されたが、深度八十メートルまで潜入して、無音潜航にて難をのがれる。哨戒が厳しくなって来た。

十月十七日

再度、湾内に潜入。陸地の近くにて浮上、味方の大発が接近して来たので、糧食を上げる。大発が二隻のみゆえ全部上げることが出来ず、五分の一ほど艦内に残った。時間がない。一時間以上は浮上していると、敵の哨戒機が来るので、潜航して湾内を出る。

十月十八日

第三戦速にてラバウルに向け水上航行。夜明けまでは充電をしながら見張りを厳重にして航行する。潜航するとスピードが落ちるので、明るくなっても水上航行を続行する。途中、敵機の大編隊に遭遇。約百機ほどラバウル方面に向かっている。ラバウルには、日本の飛行場が西と東に二ヵ所あるゆえ、また空襲される。近ごろは毎日のようにラバウルが空襲される。敵に制空権を取られてしまったようだ。急速潜航を四回ほどする。すぐに浮上してラバウルに急ぐ。一七三〇（午後五時三十分）頃入港。入港後、直ちに上陸をして基地隊にて洗濯をする。

十月十九日

基地隊にて起床して、朝の便にて帰艦。午前はログのモーター手入れ。午後は航跡儀の手入れほか外舷塗装をする。

十月二十日
〇八〇〇（午前八時）出港。港外にて運荷筒曳航実験を行なう。潜航スピードアップして運荷筒の深度と浮上航行のときの運荷筒の深度不良。そのため実験を中止し、ふたたびラバウルに入港して母艦に横付けする。運荷筒を曳航しての出港は取り止めとなる。

十月二十一日
〇八〇〇（午前八時）出港。今日も運荷筒曳航実験のため港外に。潜水艦の半分ほどの大きさの運荷筒の中には、食糧、弾薬、医薬品などが一杯入っている。潜水艦内に積み込む量の五～七倍の量が入っている。それを潜水艦が曳航して目的地まで行くのである。潜航のスピードと水上のスピードが違うので、その潜航の調整がむつかしい。水上航行のときは運荷筒が沈みすぎてしまうし、水中航行のときは三～四ノットの航行ゆえ運荷筒は浮き上がってしまうのである。今日とも不具合のため中止して帰港する。

十月二十二日
ラバウル碇泊。突如として空に打ち上げられた空襲警報の砲音は、山に谷にこだまして、直ちに総員配置につく。二、三機のみであったらしい。運荷筒の調整不具合のため出港中止である。二時より演芸会あり。芸達者が沢山いる。歌に浪曲に落語と、後甲板にて二時間ほどあり。

夕食後、上陸。基地隊にて中野、岩上兵長と飲みながら、大いに語り合う。航海学校を懐かしく思いながら、厳しい訓練生活を終えて彼らは基地隊勤務である。私は潜水艦の操舵員である。敵の飛行機に尾行されて爆弾を三発も投下され命中していたら、海底深く沈んでしまい、友と語り合うことも出来ないだろうと、大いに飲み語り合う。

十月二十三日

ラバウル碇泊。今日は靖国神社の大祭である。御国の為に戦死した沢山の人、我々の先輩が護国の神として祭られている。日本の空に向かって礼拝をする。我が伊三八潜も、いつかは靖国へ祭られる日があるかもしれない。そういうことのないよう、安久艦長以下、乗組員一丸となって任務に邁進している。

空襲警報発令。直ちに「潜航用意」「配置に付け」の命令にて、各部署に付く。「ベント開け」で、潜入深度六十メートルの海底に沈坐する。約一時間休息する。近頃、毎日のように敵機が来襲する。一時間後に浮上。港は異常なし。

午後は整備作業。九五式水防を分解手入れ。照明灯を取り付けるログ及び転輪の絶縁試験を行なう。今日も出港は中止。運荷筒の曳航実験も中止である。夕方より上陸する。

十月二十四日

アメリカ軍のPT103型魚雷艇

○六四五（午前六時四十五分）出港。上陸より三十分、陸発を早くして帰艦する。運荷筒は中止して、艦内の前回の残りに昨日糧食の積み込みあり。今回はスルミに向け出港する。ラバウルを後にして二時間半のところにて、敵機の大編隊に遭遇する。「両舷停止」「急速潜航」をして、編隊の通過を待って浮上し、航海する。

十月二十五日
○四〇〇（午前四時）より潜航して静かにスルミ湾内に潜入する。一九〇〇（午後七時）頃、浮上して食糧を揚陸する。一時間ほどにて終わって帰途につく。途中、敵機に遭遇し、急速潜航を行なってやりすごす。

十月二十六日
一四三〇（午後二時三十分）ラバウル入港。入港後、洗濯をする。半舷入湯上陸。涼しい陸上の新鮮な空気を胸一杯吸い込んで、基地隊の宿舎にて懐かしい郷里の夢を見る。

十月二十七日

ラバウル碇泊。陸上より帰艦後、当番下士を行なう。午後は航海学校高等科の入学試験を、発令所にて受ける。すっかり忘れていて、試験問題に苦労をする。明日も行なわれる。

十月二十八日

ラバウル碇泊。昨日の続きの高等科練習生の入学試験である。午前中に終わる。午後は舵軸のロット装置の注油を行なう。夕食後に上陸する。工作部にて映画を見る。夜、二回空襲警報あり。西飛行場方面を空襲、爆弾投下しているようだ。対空砲火を砲台よりしているが、高度が高くて機銃や高射砲も弾が届かないようだ。曳光弾が美しく尾を引いて飛んで行く。空襲も三十分ほどにて終わり、静かな夜になる。

十月二十九日

〇八〇〇（午前八時）出港。第十一回目の輸送任務である。「シホ」に向け、ラバウル港を母艦から打ち振る帽に見送られて、静かに目的地に向かう。便乗者の中に軍艦日向乗組のとき一緒だった高水長がいた。懐かしく日向時代を語り合う。途中、敵機の大編隊に遭遇、直ちに急速潜航する。こちらが先に発見すれば、潜航して通過を待つだけである。爆弾を見舞われる心配はない。

ラバウル桟橋の大型運荷筒

十月三十日
航海中。

十月三十一日
シホ入港。入港前に二三〇〇（午後十一時）頃、敵哨戒機と遭遇し、直ちに急速潜航する。〇五〇〇（午前五時）潜航して深度三十五メートルにて「シホ」に向け海中を進む。一七四五（午後七時四十五分）浮上して糧食を上げる。一時間いて全部、艦内の積み込んだのを大発に積み変え、潜航して港外に出る。夜間に水上航行にてラバウルに向かう。

十一月一日
航海中。一度も敵機に遭遇せずにラバウルに向け航海中。〇八〇〇（午前八時）頃、敵味方不明の飛行機を発見。急速潜航をする。二十分後には浮上して、ラバウルに向け急ぐ。

十一月二日

一二〇〇（正午）ラバウル入港。ラバウル港外に敵機発見、大編隊である。直ちに急速潜航する。近くに盛んに爆弾を落下せり。しばらくして浮上、港内に入ると、ラバウル空襲をされた後である。意外に陸上は大火災である。

港内の商船三隻、駆逐艦一隻炎上及び沈没せり。大型商船が大火災を起こして日没になっても鎮火しないので、三八潜の大砲にて砲撃を始める。五、六発ではなかなか沈まない。十二、三発打って、やっと沈没する。沈没させて火災を消さないと、夜の空襲の目標になるためである。

十一月三日

ラバウル碇泊。明治節である。朝礼で遠い内地の空を拝する。この良き日を思い出のラバウルの港にて迎えて、ますます任務に邁進することを誓う。昼食は赤飯にお頭が付いて乾杯する。

午後は転輪の分解、支持液の濾過を行なう。三ヵ月に一回は高速回転、二万回のスピードにて回転しているゆえ、支持液も汚れる。そのため濾過が必要なのである。冷却装置にて、一定の温度に保たれているようになっている。そして指北作用を常に指している。艦の一番大切なジャイロコンパスである。夕食後より上陸して散歩をする。珍しく空襲はなかった。

十一月四日

ラバウル碇泊。陸上より〇六〇〇（午前六時）の便にて帰艦。朝食後に転輪手入れ。一一〇〇（午前十一時）頃、警戒警報あり。しかし、飛行機は飛来せず、潜航せずにすむ。午後、転錨して糧食搭積。明日出港予定で配給品の分配を手伝う。メインタンクの弁が故障して、夜間、水雷の兵隊が手入れをして明朝出港のため特急作業で修理をしている。

十一月五日

〇六三〇（午前六時三十分）ラバウル出港。第十九回輸送任務のため、〇三四五（午前三時四十五分）総員起こし、出港準備を行なう。〇六三〇出港。試験潜航を行なって、港外にて運荷筒を曳航実験を行なう。結果、深度計不良につき、「離し方用意」のとき、空襲警報あり。

敵機来襲。直ちに急速潜航する。多数の爆弾を投下される。浮上して運荷筒を離して曳航は中止し、「シホ」に向け輸送任務に付く。途中、重巡が爆弾を受けて火災を起こしていた。我々には食糧輸送の任務があるゆえ、「シホ」に向け水上航行する。

十一月六日

大戦果発表。敵空母二隻、重巡二隻、大型駆逐艦一隻撃沈せり。我が航空機の威力は、敵の心胆を寒からしめた。

黙々として我が潜水艦は、輸送任務に邁進している。敵上陸の島々は孤立して、我々潜水艦が輸送して来るのを待っているのだ。少しでも多く食糧を送ってやらないと、餓死する。重い病人をラバウルに便乗して病院に入れる。人の話では、蛇やカメ、トカゲ、ねずみなど食べられるものはなんでも食べたとのことだ。一回でも多く輸送してあげなくてはと思う。

十一月七日
〇三〇〇（午前三時）潜航して「シホ」に進む。夕方には目的地に潜入して、信号を送る。大発が接近すると、浮上して一時間の間に糧食を全部、上げる。その間に前部のハッチより、病人を搬入する。みんな食糧がなくて苦労しているとの話である。
またまた大戦果発表。今度は戦艦を葬ったとのニュースである。食糧を上げ終わって潜航し、湾外に出る。夜間は水上航行にて充電をしながらラバウルに向かう。

十一月八日
今回は敵機に遭遇せず、急速潜航も一回もなし。無事にラバウルに向かって航行する。途中、便乗の重病人が一人、亡くなった。病院に入院するためにラバウルに来たのに、命の火が消えてしまった。

十一月九日

陸軍の大型発動艇・大発

一一四五（午前十一時四十五分）ラバウル入港。入港直前に敵機の偵察と遭遇。直ちに急速潜航を二回行なう。港内には船舶はみんな、避難していて、水上艦船は一隻も見えない。みんな島影に入って、空から見えないところへ行っている。潜水艦は海底に沈坐していると思う。船のいない港へ浮上して入港する。三々五々と、水上艦船が避難先から入港して来る。ラバウルの港はいつものようににぎやかになる。

午後、艦内の大掃除、洗濯あり。夕食後に上陸する。一升持って工作部の宿舎へ行き、電信の沢田君と一緒に、転輪の修理に来てくれる工員と共に飲む。いつも修理で世話になるゆえ。

基地隊に行ったら、岩上、中野も任官していて嬉しそうである。十一月一日付にて海軍二等兵曹になったのである。またいずれ任官祝いに三人で飲む約束をする。

夜九時頃に空襲警報発令。まもなく敵機来襲、数機が高度八千メートルぐらいのところより、数個の爆弾を投下して悠々と去る。機銃と高角砲が火花を散らす。探照灯の光に敵機を捕捉していても、残念ながら高度が高くて、弾が届かないのである。

十一月十日

基地隊の宿舎から、五時半の定期便にて帰艦する。〇七〇〇（午前七時）出港。燃料補給のため、〇七三〇（午前七時三十分）空襲警報あり。島影にて漂泊して空襲を避けていた。午後、飛行場の隣りの破損船のところにて燃料を補給する。ラバウルに一七〇〇（午後五時）入港して右舷上陸。

一九〇〇（午後七時）頃、空襲警報あり。直ちに総員配置に付け。「潜航用意」「総員配置よし」で、静かに潜航。「ベント開け」で、水平に潜航して水深六十メートルの海底に静かに沈坐する。三直配置となる。潜水艦は半分の人員で、常に行動が出来るように訓練されている。今晩も右舷は基地隊の宿舎で宿泊しているのである。朝まで沈坐している。〇五三〇（午前五時三十分）「潜航止め」「総員配置に付け」「メインタンクブロー」。海底で一晩ねむった潜水艦が浮上する。朝の空気がすがすがしい。

十一月十一日

ラバウル碇泊。久しぶりに慰問袋の配給あり。午前中、転輪羅針儀の手入れ。午後は十一時から上陸。工作部へ転輪羅針儀の支持液配合。サルチルサン、グリセリンを持っていく。警戒警報中であるが、海軍病院のある山を越えて、土人の集落へハイキングに行く。

陸軍のボーイをしている若者の母親が喜んで迎えてくれる。牛缶とかしわの缶詰をを持って行く。日本にいる自分の母親のような気がする。はだしで真っ黒なところが違うだけである。

缶詰のお返しに沢山バナナをもらって帰る。肌の色は違っていても、人情に変わりはない。片言の英語で話は通じる。また沢山バナナを持って艦へ帰艦すると、みんなから、花井兵曹は土人に親戚があるのかと言われる。後部兵員室みんなが喜ぶ顔が浮かぶ。

十一月十二日
ラバウル碇泊。基地隊より朝の定期便にて帰艦。沢山のバナナを持って帰る。酒保係のゆえ、みんなに配給する。午前、整備作業。午後は外舷塗装を行なう。機関科の高練行きのものが退艦する。村上、藤田と同年兵がつぎつぎと機関学校入学のために内地へ帰る。商船に便乗して行くとのことだ。

十一月十三日
ラバウル碇泊。午前、天幕の補修作業。午後は中家主計長の作業員として上陸。糧食を受け取りに軍需部へ行く。約百人分の食糧であるから、かなりの量である。大発に一杯である。長期の航海ではないので、十日分ほどの搭載である。軍需部の人が運搬してくれるゆえ、我々は基地隊にて宿泊する。中野兵曹に食事を御馳走になり、ビールを飲んで大いに語り合う。

十一月十四日
ラバウル碇泊。朝の定期便にて帰艦すると、工作部の班長が来ていた。昨夜は艦に泊まって転輪の修理をしていたらしい。支持液の交換、長期回転試験をしていたようだ。午前、午後とも長期試運転をして、温度調整、サーモスタット試験と、各部のテスト試験結果、大体良好。今日待望の任官の内命あり。海軍二等兵曹である。

十一月十五日
ラバウル碇泊。昨日より転輪は長期運転をしているので、指北作用の誤差を調べるために天測をしてみる。午後も一回を行ない、(+)(−)の誤差の調整をする。
夕食後、上陸。中野、岩上、花井と同年兵が寄りあって任官祝いの酒盛りをする。ブドウ酒にて大いに飲み、大いに語り合う。ラバウルの美しい月を眺めて、夜の更《ふ》けるまで飲む。今夜は我々の任官を祝ってか、空襲もなく静かな夜である。

仰ぎ見る　南の空の　雲間より
のぞく月影　郷里の夢

十一月十六日
一〇〇〇（午前十時）出港。当直下士に立つ。運荷筒曳航実験のため、水上航行から潜航曳航へと曳航実験をくりかえす。だが、結果不良のため花咲山の南に仮泊する。運荷曳航しての出撃は、取り止めとなる。

陸軍の岡山部隊の連隊旗が、本艦に便乗して第一線に進出するため、艦長室においてある。

十一月十七日
午前出港して、運荷筒曳航実験失敗。何回やっても、運荷筒の深度がスピードと重量との計算が、机上のときと現場の実験とはかなりの差があり、机上計算通りにはいかないのである。潜航の角度と運荷筒の自重と潜水艦のスピードによって、運荷筒の深度が変化する。今日の実験も失敗である。もう三～四回失敗している。なかなかむつかしい。

潜水艦の五回分を運荷筒を曳航すれば、艦内と共に六回分の糧の輸送が一度に出来ることになる。ラバウルに入港して、午後は休業。夕食後に上陸して、工作部の森口工員と転輪修理のことなどを語る。基地隊にて宿泊。

十一月十八日
〇七〇〇（午前七時）出港。朝の一便にて帰艦、直ちに出港準備。第二十回輸送任務、「スルミ行」である。ラジオから軍艦マーチが流れて、第五次ブーゲンビル沖航空戦の戦果発表がある。

大型空母一轟沈、空母二撃沈、大型重巡二撃沈、大型戦艦一撃沈。

大戦果である。我々の任務も重大である。敵前を潜航して輸送任務に邁進する。鉄鯨の姿が一路、スルミへと急ぐ。食べる物もなく、一日一食で我慢する戦友のために、我が潜水艦が命の糧である。

十一月十九日
〇二三〇（午前二時三十分）頃、敵魚雷艇に遭遇。「両舷停止」「潜航急げ」。深度四十メートルの頃、爆雷四個見舞われる。艦内グラグラと揺れる。〇三〇〇（午前三時）スルミの港に潜入。陸上と連絡。発光信号にて浮上。食糧揚陸一時間の間に全部上げる。みんな必死である。いつ魚雷艇が、飛行機が来るかわからない。それゆえ、いつでも急速潜航できるように当直見張員は、常に目を皿のようにして見張りをしている。揚陸が終わって水上航行にてスルミを後にする。ラバウルへと急ぐ。

十一月二十日
炎熱の下、南海の空を仰ぎながら、一路ラバウルへと急ぐ。帰途、敵機と遭遇、二回、急速潜航をする。入港前よりスコールが物凄く降る。一六三〇（午後四時三十分）ラバウル入港。出港以来の汗を洗い流す。

十一月二十一日
ラバウル碇泊。掌帆長、木曽兵曹、病気のため休業。午前、測程儀の手入れ。午後、舵

ブーゲンビル島沖航空戦。米空母エセックス

軸部注油手入れ。ときどき錆《さび》が出てロット接合部の作動不良になる時あり。グリスを注油して回る。夕食後、上陸。池の内兵曹（彼は砲術学校、私は航海学校、後に一緒に三八潜を退艦する）と共に基地隊にて語り合う。

十一月二十二日

基地隊宿泊。鳥の鳴くのに目を覚まして、まず朝の新鮮な空気を胸一杯に吸い込んで涼風の中で体操の号令官となる。宿泊者一同が起床後に広場で体操をしてから、波止場より朝の便にて各々の潜水艦へ送ってもらい、一日の作業が始まる。朝食後に午前中は転輪のモーター手入れ及び注油を行なう。作業中、空襲警報あり。直ちに「総員配置に付け」「潜航用意」「ベント開け」で、海底沈坐をする。

飛行機はラバウルの港へは飛来せず、すぐに警報解除となり、「潜航止め」「メインタンクブロー」で浮上する。空襲がなくて良かったと思う。飛行機が来て、爆弾を投下して行けば、どこかに被害があるからだ。我々潜水艦は、潜航して水深六十メートルもある海底に沈坐しているから、爆弾を投下されても大丈夫である。午後、進級の申し渡しあり。海軍二等曹となる。戦給品あり。明朝出港予定。

十一月二十三日

〇八〇〇（午前八時）出港。第二十一回目の輸送任務、「シホ」に向け出港。操舵長病気のため、自分が操舵長の代理をする。舵、転輪、全般を行なう。在港の艦船に見送られて帽を振りながら、静かにラバウルの港を後にする。試験潜航をしながら、一路「シオ」に向かう。北回りコースにて進む。途中、敵機発見、急速潜航を行なう。

十一月二十四日

航海中。静かな海を滑るがごとく南下する。我が潜水艦の姿を、郷里の母に見せたい気持だ。敵前通過のため、一七三〇潜航、二〇〇〇（午前八時）浮上して水上航行にて充電をする。残月を仰ぎて目的地「シホ」へ急ぐ。

十一月二十五日

航海中。〇一〇〇（午前一時）潜航、海中を鯨のごとく静かに静かに進む。一七三〇（午後五時三十分）陸上との発光信号にて連絡。浮上して食糧を揚陸。大発に全部、潜水艦よりの積荷を上げて、大発艇にほうり込む。終わって潜航。「シホ」の港を出る。港外に出て浮上、ラバウルに向け帰途につく。

十一月二十六日

航海中。六日目の残月を、海の彼方に仰ぎつつ、一路懐かしのラバウルへと向かう。突如として、爆弾を見舞われる。直ちに急速潜航をする。敵もなかなかやる。ウエーキを尾行して滑空エンジンを止め、無音で頭上より爆弾を投下する。だが、なかなか当たらないので、我々は命びろいしたのである。敵の哨戒も厳重になって来た。

十一月二十七日

〇七〇〇（午前七時）ラバウル入港。一一〇〇（午前十一時）出港して、航空隊の近くの破損船のところにて重油搭載をする。一六三〇（午後四時三十分）入港、入湯上陸。基地隊にて映画を見る。陸上はやはりよい。

十一月二十八日

ラバウル碇泊。陸上より一便にて帰艦。朝食後、転輪の修理。午前、モーターの刷子不良のため取り換える。午後は転輪球の取り揃えを行なう。及び支持液の濾過を行ない、球の浮沈調整を行なう。

十一月二十九日

ラバウル碇泊。総員起こし後、体操の号令をときどきする。兵科の新任下士官が号令をかける。練習になるゆえ、先任下士より指名される。朝食後、午前、転輪の絶縁試験及び電路の研究をする。

午後、半舷上陸のとき、缶詰や煙草を沢山持って上がる。電機の下士官と一緒に土人の集落へ行く。途中、海軍病院に見舞に寄ってから、山を越えて汗を流しながら、ラバウル港の一望に見える頂上から、裏側の海辺まで山を下って、いつもの集落へ。海軍ボーイの母親が待っていた。バナナやパパイヤを煙草や缶詰と交換して、二人で持ち切れないほどである。トラックの来る道まで持って来て、走っているトラックに便乗し、基地隊まで帰る。基地隊にて宿泊する。

十一月三十日

ラバウル碇泊。一便にて帰艦して、今日は一日当直下士官である。艦の出入りをチェックする。

十二月一日

〇九〇〇（午前九時）出港。運荷筒曳航実験のため、港外にて何回も潜航、浮上をくりかえしてスピードを出したり、停止したりして、運荷筒の曳航深度の実験を行なう。今日の結果は大体、良好である。一五三〇（午後三時三十分）入港して入湯上陸。基地隊にて入浴後、同期生の中家兵曹と語り合う。

十二月二日

基地隊からの帰りに、中家兵曹より一升頂いて帰る。昨夜は飲まなかったので、艦で飲むようにと。同年兵は兄弟のようなものだ。

○九○○（午前九時）出港。速力試験のため、結果良好。一○○○（午前十時）入港。配置手入れ。慰問袋の配給あり。

十二月三日

ラバウル碇泊。午前、艦底管の手入れ及び諸道具の乾燥を行なう。午後は電路図の研究。夕食後、上陸。基地隊にて中野、岩上、中家、花井と四人で任官祝いを、同期生でする。大いに飲み、夜が更けるまで語り合う。中野兵曹の妹の写真をもらって帰る。生きて帰ったら、妹をお前の嫁にやるとのことだ。果たして生きて内地へ帰れることやら。明日の命もわからない。一発爆雷を受けたら最後、海底から浮き上がることは不可能である。「敵機動部隊現わる」のニュースあり。

十二月四日

○三三○（午前三時三十分）警戒警報発令。基地隊より特急便にて帰艦する。敵機動部隊、ラバウルの二百浬のところに出現す。空母、戦艦等。彼らは十二月八日を期して総攻撃の算大なり。○九三○（午前九時三十分）出港。再度、運荷筒の曳航実験を行なう。結果不良のため、入港、明日また実験を行なう予定である。
大戦果発表。空母二隻、戦艦一隻、巡洋艦一隻、駆逐艦一隻大破、撃沈とニュースあり。

十二月五日
〇八三〇（午前八時三十分）出港。運荷筒曳航実験。今日も不良のため入港する。メインタンクの金子弁故障のため、修理班、基地隊の工作部より来艦して、油圧系統の修理調整を行なう。

十二月六日
〇八三〇出港。毎日運荷筒の曳航実験を港外にて行なうが、なかなか深度の調整が具合が悪く、沈みすぎたり浮き上がったりである。今日も失敗のため中止して入港する。

十二月七日
〇九三〇（午前九時三十分）出港。運荷筒曳航実験をする。結果、深度調整良好なり。何回となく実験をして、やっと曳航深度良好。入港して艦内に糧食の積み込みあり。
一六〇〇（午後四時）頃、出港。第二十二回の輸送任務に付く。待望の運荷筒を曳航しての輸送任務である。潜水艦だけで運ぶ量の数倍の量を、一回で運べることになる。目的地「スルミ」に向け、一路南下する。

十二月八日
大東亜戦争が始まって第三周年を迎え、ますます第一線の確保に邁進。この記念すべき日に、我が潜水艦は黙々として輸送任務に邁進しているのだ。南海の海原を、目的地「スルミ」に向かって急ぐ。曳航航海のため、不自由を忍びつつ航海中である。

十二月九日
ぶじ目的地「スルミ」に運荷筒を曳航して到着する。敵機にも遭遇せずに、艦内の糧食を一時間にて揚陸。運荷筒は大発が曳航して陸地へと向かう。敵機が哨戒に来る前に、潜航して港外に出て浮上。水上航海にてラバウルに向け帰途につく。

十二月十日
航海中。しとしとと降る雨の中を、ぶじ大任を果たして運荷筒曳航輸送は、始めて成功である。何回となく実験をくりかえして、安全深度で曳航して目的地まで運航できたのである。一度に数倍の糧食を運ぶことが出来た。途中、敵機にも遭遇せず、ぶじ任務を完遂する。

十二月十一日
一〇三〇（午前十時三十分）ラバウル入港。各方面より運荷筒曳航は期待されていたのである。潜水艦輸送の数倍の量を、一回の輸送で運ぶことが出来る。しかし、敵哨戒艇と遭遇したときに、運荷筒を曳航しているので自由がきかず、無音潜航とか沈坐のときには、運荷筒だけが浮上してしまうことになる。潜水艦の位置を、敵に知らしめることになるゆえ、非常に危険である。

今度始めて危険な任務を終えて、ぶじ懐かしのラバウルへ。霧がかかる花吹山が次第に近づいてくる。嗚呼《ああ》、今度もぶじ帰港できたかと安堵の胸をなでる。汗まみれになった衣服の洗濯をする。午後上陸。

十二月十二日
ラバウル碇泊。上陸から一便で気艦。朝食後に酒物品を基地隊へ受け取りに行く。午後は生菓子を受け取りに、また行く。酒保長は忙しい。

十二月十三日
ラバウル碇泊。午前、整備作業。午後、長官巡視。終わって先任将校の講話あり。戦況と我々潜水艦の任務について話を聞く。夕食後に上陸。基地隊の酒保長中野、岩上兵曹と共に語り合う。久しぶりに敵機来襲。約二時間にわたり、ラバウル上空を飛ぶ。二〜三ヵ所、爆弾投下され、被害あり。

十二月十四日
ラバウル碇泊。午前、午後、外舷塗粧。午後、基地隊へ酒保物品を受け取りに行く予定を中止する。三時班の定期便にて岩上兵曹が持って来た。約束しておいて受け取りに行かなかったので、わざわざ持って来てくれたのだ。同年兵はじつに有難い。兄弟以上である。

十二月十五日

ラバウル碇泊。〇八三〇（午前八時三十分）の定期便にて上陸。基地隊の酒保の支払いをすませて工業長の物品を持ち、海軍の慰安所へ行き、指定の女の人に渡して来る。基地隊へ帰り、林君と再会、大いに飲み語り合う。雨が凄く降っている。朝まで振りつづく。スコールとは違った雨である。

十二月十六日

ラバウル碇泊。午前中、当番下士官をする。午後は酒保の用事にて上陸。基地隊にて中家と林君と三人で昔話に花が咲く。航海学校時代を思い出して、飲みながら夜の更けるまで、彼らと話していると、じつに愉快である。

十二月十七日

ラバウル碇泊。今朝出港予定が中止になる。運荷筒の整備が出来なかったためか、整備作業。午後、後部舵軸のところへ注油を行なう。夕食後に上陸。基地隊酒保へ物品を受け取りに行き、基地隊にて宿泊する。今夜は空襲もなく、ゆっくりと眠れそうだ。夜中に敵機が来ると、起こされてしまうためだ。

十二月十八日
一一〇〇（午前十一時）出港。基地隊より第二便にて帰艦。出港用意をする。転輪を試動して、運荷筒曳航実験のため出港す。港外にて潜航して曳航実験をするが、深度調整不良にて実験中止。運荷筒を放して二〇〇〇（午後八時）頃入港。右舷入湯上陸。

十二月十九日
一二三〇（午後十二時三十分）出港。近頃、毎日のように空襲に来る。今日一〇〇〇（午前十時）空襲警報発令、直ちに潜航沈坐をする。約一時間、基地隊より水中信号にて「クカ」「クカ」と発信して来る。「クカ」とは、空襲警報解除のことである。
浮上してみると、伊一六潜が爆弾のため「メインタンク」をやられていた。一二三〇出港。運荷筒曳航実験を行なう。結果良好なり。そのまま出撃、「シオ」に向かう。第二十三回目の任務である。

十二月二十日
航海中。昨夜十時頃、潜航中に爆雷音を数回聞こゆ。運荷筒を曳航中ゆえ、天候不良のため九時頃より潜航して航海中である。台風が接近中である。海中深度三十メートルに潜航すれば、かなり波があっても、揺れはぴたりと止まって静かに航海できるのである。
先般、「ラエ」よりの帰途に陸軍の司令官や病人が便乗したとき、嵐に遭遇して船酔の人が沢山いた。そこで艦長が可哀そうに思い、四十メートルまで潜航したら、今までの船の揺れがうそのようにピタと止まった。陸軍の人は、びっくりしていた。潜水艦は「便利なものだ」と言っていた。

しかし、潜航して走っていれば、三〜四ノットである。水上を走っていれば、十二〜二十ノットで航海するため、目的地に到着するのが早くなる。しかし、危険が多い。哨戒艇や飛行機に遭遇すると、運荷筒を曳航しているため走りながら潜航し、徐々にスピードを下げて運荷筒とのスピードの調整をしながら走らないといけない。潜水艦が急に止まると、運荷筒が追突して来るからなのである。

十二月二十一日

潜航して、「シオ」の港に静かに潜入する。敵機にも遭遇せず、目的地に着く。運荷筒を陸上に向け離して陸軍の大発が曳航して行く。艦内の積荷を全部揚陸して、任務完了である。

十二月二十二日

〇三〇〇（午前三時）潜航して、「シオ」の港を出る。港外に出ると、浮上し水上航行にて片舷充電をしながらラバウルに向け急ぐ。東部ニューギニアでは、九月にラエ、サラモアが陥落してからは輸送先が「シオ」「スルミ」へと移って来た。伊三八潜による作戦輸送は、合計で二十三回成功している。

十二月下旬
ラバウルを出港して途中、トラック島に寄港、一路、日本に向かう。八ヵ月間の㊟の食糧輸送任務をぶじ終わって、懐かしの呉に一月六日、入港する。

昭和十九年一月中旬
呉軍港にて艦内整備。半舷ずつ休養のため湯田中温泉に一週間の温泉休養に出発する。

昭和十九年二月二十七日
運用術（操舵）高等科練習生として、横須賀海軍航海学校に入校。伊三八潜を退艦する。

第六章——艦長安久栄太郎中佐

艦長安久栄太郎中佐は、潜水艦乗りの典型ともいうべきベテラン艦長である。艦長は「伊三八」の艤装員長に任ぜられ、艤装、整備、教育訓練に、長年の経験をつぎ込み、最精鋭艦に仕上げた。

おそらく艦長は、伊三八潜水艦を指揮し、敵艦船をつぎつぎと撃沈することを夢みていたであろうが、艦長の希望は微塵に砕かれた。十一潜戦で猛訓練が終わり、昭和十八年四月三十日、第十五潜水隊に編入され、第六艦隊の麾下《きか》になった途端、輸送任務が待っていたのである。

昭和十八年五月八日、呉を出港。運砲筒を潜水艦の後部に搭載して、トラック島に着くと、南東方面部隊に組み込まれてラバウルに行き、(通)専業にされてしまった。ラエ、サラモア、コロンバンガラ、ブイン、スルミ、シオなど、友軍が孤立する拠点への食糧、兵器、弾薬輸送任務である。

この仕事も大切ではあるが、敵艦船撃沈のため、十年一剣を磨いてきた艦長の心境は、

呂号第64号潜水艦

察するにあまりある。だが、艦長は黙々として赤道直下の海を任務に励んだ。輸送回数二十三回。被爆撃二回。魚雷艇による被爆雷などにあったが、全輸送を完全に果たした。輸送量は七百五十三トンである。

この抜群の功績により、特に拝謁の栄に浴した。大佐に進級した艦長は、昭和二十年二月十五日、第三三潜水隊司令に補任された。当時同隊は呂六三、呂六四、呂六七で編成された、潜水学校の練習潜水隊である。

四月十二日、艦長（司令）は呂六四に搭乗し、練習生の指導にあたっていたが、潜航した瞬間、一発の轟音と共に沈没してしまった。米軍が夜間投下した磁気機雷に触れたのである。まさに悲運というほかはない。

伊三八潜の艦長時代は、厳格な艦長で、酒豪である。上陸すると、浴びるほどに酒を飲むが、乗艦すると一滴も酒を口にしない。下士官、兵にはやさしい艦長であった。私が艦長の従兵をしていたとき、一升ビンを、しばしば水交社へ持って行ったことがある。

昭和十九年三月一日、南太平洋方面における戦闘及び輸送任務に功績顕著につき、連合艦隊司令長官古賀峯一中将より、感状を授与せられたり。当時、天皇陛下に拝謁が出来るのは、大きな任務を完遂した艦長でも少数で、その中の安久艦長はその一人である。当時天皇陛下といえば神様のごとき存在で、我々一般の兵隊はそばへも近づくことは出来なかった時代である。安久艦長は、最高の栄光に浴した日本一の最高の潜水艦々長である。

第七章——伊三八潜の最後

伊三八潜水艦を安久艦長が退艦した後、遠山中佐が艦長として約二ヵ月、輸送任務二回で退艦する。後任の艦長として下瀬吉郎中佐が指揮を取る。

昭和十九年十月十九日、呉を出港。台湾及び比島東方海面、敵艦船攻撃任務。

昭和十九年十一月五日、比島東方海面、敵艦船攻撃任務中に、クツルー偵察を命ぜられて進出中、十一月七日、敵発見を報告。以後、消息なく連絡予定日の十三日に至るも報告なし。

昭和十九年十一月十二日、米軍記録——二〇〇三（午後八時三分）、CA直衛中の米D・D・Nicholasは、パラオ東方においてレーダー探知。近接中に失探。二〇四七（午後八時四十七分）、ソーナー探知。D／C（対潜爆雷）攻撃二回。二一三五（午後十時三十五分）、大水中爆発、浮流物発見。北緯八度四分、東経百三十八度三分、水深三千メートルの海底に沈んでしまったと思われる。

私の若き青春時代の思い出の一ページが、伊三八潜水艦乗り組みである。亡き安久艦長と共に、南方で(通)のように輸送任務に従事したことを懐かしく思い出して記録に残した。
そして下瀬中佐以下九十八人の乗組員が三千メートルの暗い海底で、五十年以上たつ今も眠っていると思うと、悲しみがこみ上げて来る。

南海の　冷たき海に　ねむる戦友《とも》
　心安かれと　祈り捧げん
大君の　御国の為に　散りし戦友《とも》
　深き海原　永久《とわ》にねむれり

あとがき

私の青春は、海軍にありといっても過言ではない。十八歳で呉海兵団に志願兵として入団、四ヵ月余の教育期間終了後、「軍艦日向に乗組を命ず」で、日向に着任した。「鬼の日向か蛇《じゃ》の伊勢かいっそ海兵団で首つろか」といわれたほどの軍律の厳しい軍艦であった。

第一分隊の砲員として勤務中、私はこの大きな軍艦を、この手で思う存分に操舵してみたい気持に駆られ、航海学校操舵練習生の試験を受けて合格した。だが、その時、分隊長から大目玉を喰らった。「砲術学校へ行くべきが、なぜ航海学校へ行くのか?」と。私は自分の気持を説明し、「この三万トンの軍艦を操舵して見たい」といって了解を得て航海学校へ入校し、四ヵ月後に航海学校を卒業した。

そうしてまた「日向乗組を命ず」で、今度は航海科勤務である。約一年間、太平洋方面の作戦に従事し、三万トンの軍艦の操舵員として厳しい実戦に従事する。その次は海軍潜水学校へ。卒業と同時に「伊三八潜水艦乗組を命ず」である。

私は昭和十八年三月一日から十九年二月二十七日までの一年間、伊三八潜水艦航海記録および輸送任務の内容を、操舵の非番の時に釣ベッドの中で書き続けていた。本書はその日記をもとに纏めたものである。

伊三八潜は何回となく飛行機や掃海艇に追いかけられながらも、急速潜航して難を逃れて輸送任務を完遂した。食糧、兵器、弾薬の輸送回数二十三回、運砲筒二回、総輸送量七百五十十三トンである。

ラエ、サラモア、コロンバンガラ、ブイン、スルミ、シオなど、友軍が孤立する拠点の港へ潜入して、夜間に潜望鏡より発光信号を送り、潜水艦内の物資（主として食糧）を手送りで大発艇二隻へ放り込んで、一時間以内に港外へ潜航して退出するのである。

こうした任務をくりかえしながら過ぎ去る私の青春——潜水艦乗組時代である。戦友と大いに語り、酒を飲み交わす。一度ラバウル港を出港すると、二度と帰れないかもしれない気持があり、夜が更《ふ》けるまで大いに飲み語り合ったものだ。

その戦友たちとも別れる時が来た。昭和十九年二月二十七日、「海軍航海学校高等科練習生として入校を命ず」で、私は伊三八潜を退艦した。その後、伊三八潜は米潜の爆雷攻撃を受け、水深三千メートルの海底に沈むのである。乗組員九十八名と共に、伊三八潜は冷たき海に今も眠っている。戦友の御魂《みたま》安かれと祈りを捧げたい。

最後にこの本を出版するに当たり、多大の御尽力をいただいた光人社の常務取締役牛嶋義勝様、元就出版社代表取締役浜正史様に心より感謝の言葉を申し上げます。

二〇〇〇年八月

花井文一

伊号三八潜水艦〈武勲艦の栄光と最後〉

2000年8月15日　第1刷発行

著　者　花　井　文　一

発行人　浜　　　正　史

発行所　株式会社　元就《げんしゅう》出版社
〒171-0022 東京都豊島区南池袋4-20-9
サンロードビル301
電話　03-3986-7736 FAX 03-3987-2580
振替　00120-3-31078

印刷所　東洋経済印刷株式会社

※乱丁本・落丁本はお取り替えいたします。

ISBN4-906631-54-1　C0095